BASEBALL

ベースボールよ、
新たな夢へ！

FOREVER

村上 正
MURAKAMI TADASHI

幻冬舎 MC

ベースボールよ、新たな夢へ！

まえがき

アメリカのことなど、まだ、何も知らなかった。

ただ、アメリカの一つの文化と言ってもよいのか、多分、よいと思うが、僕はベースボールが、そう、野球が大好きだった。

僕の名前はサトウジュン、小さな頃から、皆にジョニーと呼ばれていた。

これは、そんな一人の野球好きの男の物語である。

目次

第3編　その後の人生

第１編

野球との出会い

1回表　初めてのグローブ

小学校にあがる前、広島に住んでいた。東京から父の転勤で広島へ行ったのだった。広島といえば、原子爆弾。広島と長崎に原子爆弾が投下されて第二次世界大戦は終焉を迎えた。

原爆ドームや平和記念公園には親に連れられて何度か訪れた。子供ながらに、戦争の悲惨さ、原子爆弾の恐ろしさを思い知った。広島で幼稚園から小学校一年の一学期を過ごした。

その頃、夏の遊びとして、兄と裏山の方へ虫を捕まえに行くことがあった。僕は兄の後ろに着いて行って、クワガタ虫やカブト虫を探した。しかし、どんなに探してもクワガタ虫やカブト虫は一向に出てこない。

「ねぇ、全然いないよ。つまらないからもう帰ろうよ」と兄に言った。

「クワガタ虫は木の陰とかに潜んでいる。そう簡単には見つからない。我慢して見つけていかないといけない」と兄は言い、簡単には諦めない。僕は虫を探す集中力はすぐに切れて、早く家に帰りたくて仕方なかった。つまらなくて、寂しくて、ほとんど半ベソ状態でうろうろしていた。

そんな時、「おいジョニー、見ろ！　ノコギリクワガタの雌がいるぞ」と兄が突然言って、それを手で捕まえて大事に虫かごの中に入れたのだった。

「うわー、すごい！　やったね、お兄ちゃん！」僕も嬉しくて興奮していた。僕は気を取り直して、「ノコギリクワガタの雄を見つけてやる！」と意気込んで、また山の奥に入って行く。だが、探せど探せど、クワガタ虫やカブト虫は簡単には姿を見せてくれず、

「あーあ、つまらない。もう帰ろうよ、お兄ちゃん」と声を張り上げた。

するとすると兄は「ジョニー、静かにしろ、ノコギリクワガタの雄がいる。逃げられちゃいけない。静かにしていろ」と言うと、さっと手でノコギリクワガタの雄を捕まえてしまった。

「やった！　やった！　お兄ちゃん！　すごいねぇ！」僕は兄の大成果に飛び上がって喜ぶ。

「お兄ちゃんは天才だよ！　それに手でクワガタ虫を捕ってしまうなんて、すごい！」

「ジョニー、オマエと一緒に来たから良かった。ありがとう。友達のケンと来た時は全然ダメだった。クワガタ捕りにはオマエと一緒に来るのが良いな」

兄は虫捕りをうまくやる。僕には絶対にできないことを器用にやる。クワガタ虫は茶褐色に輝き美しくカッコいい。兄は誇らしげに手にして、「ジョニー、オマエも持っていいぞ」と言う。

「えっ、いいの？　ありがとう」と僕は言うものの、「でも、どうやって持てばいいの？　挟まれたら大変だよ」と言って、なかなか持てない。

「だから、ほら、指の上に乗せればいい」兄はそう言うが、僕は怖くてとうとうクワガタ虫を手にすることもできなかった。こんなに臆病だと何をしに虫捕りに来たのかもわからない。いくらクワガタ虫を見つけても、これでは結局、捕ることはできないではないか。

「しょうがないなぁ。まぁ、でも、クワガタ虫を雄、雌、一匹ずつ捕れたから良かった。オマエも一緒に飼おうな」と兄は言ってくれた。

兄と僕は、大きな成果……、と言っても、兄だけによる大成果だが、二匹のクワガタ虫を持って家路についた。

家に帰ると姉が「虫捕りはどうだった？」と早速聞いてきた。

僕は「クワガタ虫を捕ったよ！」と報告。

「ジョニー、すごいじゃない！」と姉。

「うん、うん、やったよ！」と僕。

その横で、兄は黙っていた。そして、虫を飼うためのプラスチックのケースに土や木くずなどを入れて、クワガタ虫を飼うための準備作業をしていた。

僕は、クワガタ虫を手に乗せるのは怖いけれど、綺麗で威厳のあるクワガタ虫自体は嫌いではない。ケースに入っていれば問題ない。美しいクワガタ虫をじっと見ては、その動きを観察していた。

ただ、そんなクワガタ虫の観察も、時間が経つにつれて少なくなり、虫の世話をするのは、専ら兄と母であった。僕は三日もすればクワガタ虫を見るのにも飽きて、ボールやバットを持って外に遊びに出ていた。

僕は幼稚園児の頃、小学校に入る前から野球を好きになり、いつか、いつの日か、親にグローブを買ってもらうことを夢見ていた。

「ねぇ、ママ、僕にもグローブを買ってよ」と母にせがんだ。

母は「また今度ね。クリスマスの時まで我慢しなさい」

「えーっ、そんなに待てないよ。どうしてもグローブが欲しい……」僕は半ベソをかきながらねだったが、母はなかなか首を縦に振ってくれない。

「そんなに欲しいのならパパに言ってちょうだい。ママが買ってあげられるとしたら、クリスマスの時になるって何度も言っているでしょ」

クリスマスまではまだ半年以上もあり、僕には永遠に遠い未来のことのようにしか思えなかった。

夜ご飯を食べていると父が仕事から帰って来た。僕ら三人の姉兄弟は、「お帰りなさい」と父に言って、父は着替えをして食卓に着いた。

父が帰って来ると食卓には緊張感が漂う。僕ら三姉兄弟のうち、兄と僕は少なからず父を恐れていた。姉だけは父を恐れることなく、いつも自然な感じで接していた。

父は、夕飯の時、残業などがなく定時に帰って来た時は、必ず七時のNHKニュースを見ていた。集中して見ているものだから、その時間に父へ話し掛けることはほとんどない。そんなことはできなかった。

七時半になってニュースは終わり、別の番組が始まった。その時を待って僕は「ねぇ、パパ、僕、グローブが欲しい。どうしてもグローブが欲しい。お願いします」と思い切って父に言った。

「おまえは何を言っているのか。グローブが欲しければママに言えばいいだろ。そんなことはパパに言うことではない」と、キッパリと言われてしまった。

「ママに言ったけれど、『クリスマスにならないと買ってあげられない』と言われた。そんなに僕待てないよ」

「それならクリスマスが来るまで我慢しなさい」と言われて、この話題をそれ以上続けることを僕はできなかった。僕は、自分の思いが叶わない悲しさと、どこまでも厳格な父の態度に敵わない悔しさで、一人、泣き出してしまった。

泣く僕のところに姉が来て、「ジョニー、私からパパにもう一度頼んでおいてみる。

だから、もう泣くことはやめよう」と言ってティッシュを渡してくれた。

そんな悲しさも悔しさも、一日経てばコロッと忘れてしまうのが子供の良いところ。

僕はプラスチックのバットとゴムボールを持って、広場に行って一人で打ったり投げたりして遊んだ。

それから二、三週間経ったあとだろうか、父は仕事上の飲み会でもあったのか、少し酔っ払って、いつもと少し違って上機嫌で家に帰って来た。

その時、「ジョニー、ほら、グローブを買ってきてやったぞ」と言って優しく笑い、僕にグローブの入った袋を差し出してくれた。

「えっ……」それ以上、言葉を発することはできず、袋の中からグローブを取り出した。

夢のような瞬間だった。茶色いグローブで皮の匂いがする。僕はグローブを左手にはめて、右手の拳でポンポンと、二度グローブを叩いた。

「パパ、ありがとう。ずっと大事にするよ」まさに、夢が叶った、そんな思いでいつまでもグローブをはめて、それを見たり触ったりするだけで満足だった。

姉が「ジョニー、良かったわね！　カッコいいグローブじゃない！」と言って笑った。

その後、野球をどんどん好きになっていった。休みの日、父がキャッチボールをしてくれるのが僕の楽しみとなった。父は兄のグローブをはめて、僕は買ってもらったグローブをはめて二人でキャッチボールをする。あの厳格で怖い父も、キャッチボールをしてくれる時は良いオヤジだ。

その頃、もう一つ、興味をそそるビッグニュースがあった。アメリカのロケット、アポロ11号が月面に着陸するという全世界注目のニュースだ。ウチの一家はテレビに釘付けになった。おそらく、他の家庭も多くが同じような感じだったと思う。無論、日本のみならず世界の国々で。

テレビはまだ白黒テレビだったが、僕も固唾《かたず》を呑んで見守っていた。その時、「プロ野球選手になる」という自分の将来の夢が、「宇宙飛行士になる」という夢に変わっていたことに何の不思議も感じない。自分は、すっかり宇宙飛行士になったつもりで広い宇宙の中にいた。

しかし一週間もすると、宇宙飛行士になる夢から僕は覚め、僕の現実はグローブとボール、そしてバットに戻っている。

時は流れ、季節は冬。クリスマスの時季がやって来た。母は、僕ら姉兄弟に「クリスマスプレゼントは何がいい？」と優しく聞いてきた。一年でこの時だけ僕の母を見る目が変わる。

ただ、夏前に父からグローブを買ってきてもらった瞬間、「今度のクリスマスプレゼントは何もいらない。このグローブがあれば他は何ももらわない」と思っていた。それを忘れていなかった。

ということで、「ママ、僕は何もいらないよ。グローブを買ってもらったから」と言った。

「あら、ジョニー、本当に何もいらないの？　あとで文句を言ってもダメよ」

「うん、大丈夫。グローブがあるから」と僕。

すると姉が「ジョニー、偉いわ。それだけあのグローブを大事に思っている証拠ね。パパも嬉しく感じると思うわ」と言ってくれた。

父が嬉しいと思うかどうかは僕にはわからなかったが、とにかく、自分で決めたことをちゃんと言葉にして、実行しようとした自分自身が嬉しかった。

年が明けた初夏のある日、父は、兄と僕を広島市民球場に連れて行ってくれて、僕は生まれて初めてプロ野球の試合を生で観戦。広島対巨人の試合だった。綺麗なカクテル光線にグリーンの芝生……、とても美しい。世の中にこんなにも美しいところがあるのかと思い憧れた。

それから間もなくして、夏、父の転勤で家族は東京へ戻ることになる。兄と僕は、東京へ戻る際に、父に大阪万博へ連れて行ってもらうことになった。母と姉は万博には行かずに東京へ直接旅立って行った。

広島から大阪へ電車で行き、僕らは万博会場へ着く。今まで見たこともないようなものすごい人の数だ。日本人のみならず、外国からの観光客もたくさんいる。いくつかのパビリオンに入って、それこそ日本とは違う異国の文化などに触れることになる。この約一年前にはアメリカのアポロ11号の月面着陸のニュースもあり、宇宙空間への誘いも感じられるような、未来へ向けた素晴らしい催しだと子供ながらに思い、感じた。

この万博で忘れることのできない思い出は、とても美味しいワッフルを食べたことだ。バターの香りが特徴的な生地はカリカリとした食感で、そこに生クリームが添えられていた。口に含むとふんわりと甘く、その瞬間とてつもない幸福感に包まれた。世界のどこかにはこんなにも美味しい食べ物があるのかという感動。食べ物であんなにも感動したのは生まれて初めてだったと思う。

小学一年の二学期目から都内の小学校に通い出した。転校生として途中からのスタートだったが、周りの人とはすぐに仲良くなり友達もすぐにできた。学校から帰ると鞄を置いて、すぐに「今日、遊ぼう」と約束した友達の家などに遊びに行く。ウルトラマンやウルトラセブンなどが流行り、怪獣のおもちゃなどで遊んだ。それも嫌いじゃなかったけど、野球への関心、興味の方が強く、グローブを手に、外でキャッチボールやバットを振り回している方が好きだった。

小学一年の冬、クリスマスの時季が近づいて来て、母から僕らは「今度のクリスマスプレゼントは何が良いか、考えておいてね」と言われる。

姉も兄ももらいたい物はそれぞれ。僕は、ちょっと前からクリスマスプレゼントのことを考えていて、それを単刀直入に「野球のユニフォームが欲しい。巨人のユニフォームが欲しい。お願いします」と母に言ってみた。

「ユニフォーム？　どこで売っているのかしらね。考えておくわ」と母は言う。一度欲しいと思ったら、もう引くことはできない。欲しくて、欲しくてたまらなくなる。

「スポーツ店やデパートで売っているよ！　楽しみだよ！」

「良い子にしていないと買ってあげないからね。ところで、ジョニー、宿題やったの？」母が聞いてくる。

「今日は、宿題は何もないよ」

「それじゃあ、算数と国語のドリルをやっておきなさい！」

「うん、わかった」僕は素直に従って、いつもの倍ぐらい計算と国語のドリルをやった。

クリスマスの前の週の日曜日、僕は母と二人で新宿駅近くのデパートへ向かう。デパートはものすごい人で溢れていて歩くのも大変だ。この頃は子供の迷子もよくあり、館内放送ではしょっちゅう迷子の放送が流されていた。

僕は、迷子にならないように母にくっつき、野球用品売り場へ向かった。

そこには、果たして！　子供用の野球のユニフォームが数種類飾られている。僕は、黒とオレンジの線が入っている巨人のユニフォームが欲しかったけど、それは少し値段が高い。黒の線だけのものが値段的には安く、母はそれを勧めた。姉や兄のクリスマスプレゼントとのバランスからしても、黒とオレンジの線が入ったユニフォームを買ってもらうのは難しいと感じた。

そして、「このユニフォームが欲しい」と言って、黒の線だけが入ったユニフォームを母に買ってもらった。周りの友達には巨人と同じようなユニフォームを持っている者もいたけど、僕は黒の線の一昔前のユニフォームで満足。それを買ってもらえたことが嬉しくてたまらない。背番号は「1」にした。憧れの王貞治選手の番号だった。

その後、クリスマスのご馳走を買って、母と僕は家路についた。母の言うことを聞いて、買い物の荷物もたくさん持った。野球のユニフォームを買ってもらって、僕は興奮していた。嬉しくてたまらなかった。

いつもガミガミうるさい母を女神のように感じる。前に父からグローブを買ってもらった時、父を神のように思ったのと同じ感覚だった。

家に帰ると父と姉、兄が食事を待っている。母が急いで準備をして、クリスマスのディナーをいただく。

「今日、デパートでユニフォームを買ってもらったよ！　デパートはものすごい人だった！」

「そうか、良かったな」兄は言った。

「ジョニー、良かったわね！」姉はいつもの優しい笑顔。父は、といえば、黙ってチキンを食べていた。

その時、テレビのニュースでは「今日の都心のデパートは、人、人でごった返していました」と放送していた。

ウチでは、夜ご飯は七時からで、その時はＮＨＫニュースを見ることで決まっていた。学校の友達は、夜七時からの漫画など、子供向けテレビ番組を見ていたようだが、僕のウチは、七時からはＮＨＫのニュース以外の番組を見せてもらったことはなかった。以前、父親に嘆願しても、あっさりと却下されて相手にもされなかった。それ以降、僕は諦めた。姉も兄も余計な叶いもしないお願いをすることはなかった。

食事が終わると、僕は袋からユニフォームを取り出して、ユニフォームに着替えた。生まれて初めて着る野球のユニフォーム。背番号は「1」、頭の中は王選手になりきっていた。

子供の頃、外で遊ぶのが大好きだった。僕はユニフォームを買ってもらったが、それを外で着る機会がなかなかない。友達と遊ぶ時に一人でユニフォームを着ていても浮いてしまう。そもそも、ユニフォームは、チームで同じものを作ることに意味がある。でも、僕にはそのユニフォームは宝物で、時々、一人、家で着ていた。

学校に行くのは楽しく、男の子も女の子も一緒になって遊ぶ。その当時、皆、ドッジボールが好きで、クラスの友達、皆で楽しんだ。僕の投げる球は速く、皆に恐れられたが、女の子に対しては手加減をしたつもりだ。

クラスに一際笑顔が素敵で、可愛い女の子がいた。いつも微笑んでいて誰からも好かれそうな、感じの良い女の子。

僕は体を動かして、走ったり、投げたりすることが好きだったが、仲のいい、ちょっと上品な男の子の友達に誘われて、クラスの女の子の家に遊びに行くことになった。

そこに、僕が可愛いと思っていた笑顔の素敵な女の子も遊びに来て、男の子二人、女の子二人の四人で遊んだ。僕は、その女の子に、何か、特別な意識を持っていて少し緊張していた。女の子はいつも笑顔で、優しく人を包み込むような感じで、四人で楽しく、幸せな気分で遊んだ。

野球も良いけど、このように女の子と話しながら上品に遊ぶのも良いものだなぁ、と感じた。

でも、やはり、次の日からはグローブとボールを持って外に出る。小学校一年から二年、勉強も多少はやっていたけど、本職は遊ぶこと。体を動かして遊び、お腹を空かして家に帰り、ご飯をしっかり食べる、それが一番大事だった。

小学校二年も終わろうとしていた頃、あさま山荘事件が起き、両親や姉、兄はテレビに釘付けになっていた。僕は、事件の詳しいことはわからず、ただ怖いことが起きていると思って、あまり興味は湧かなかった。

その少しあと、僕の好きだった笑顔の素敵な女の子が、親の仕事の関係で転校するという。クラスで一番好きな子が、どこか知らない遠くに行ってしまう。突然のことで、僕は呆然とした。

三学期の終業式の日だった。そして、その女の子と会うことができる最後の日と思われた。好きだった女の子は、「ジョニー、ありがとう。これはジョニーに」と言って、手紙を僕に手渡した。

僕も「ありがとう」と、一言だけ言葉を発した。

僕は家に帰り、自分の部屋に入り手紙を開けて読んだ。小学校二年生とは思えない綺麗な字で、便箋一枚にびっしりと文章が書いてある。

一緒に遊んだ時の思い出は忘れないということ、僕の笑顔が好きだったということ、運動が得意で算数の計算が速かった僕に憧れていたこと、などが書かれていた。初めてもらったラブレターだった。

母に「転校する女の子から手紙をもらった」と言った。

母に「どんな内容の手紙なの？　見せてよ」と言われたが、手紙は見せなかった。

「どうすればいいかなぁ？」と対応を相談。

「それは、すぐにお礼の手紙を書いて返した方がいいわよ」と言われた。

その通りだと僕は思い、その女の子に手紙を書くことにした。しかし、何を書けばいいかよくわからないで、手紙は完成しなかった。そのまま二度と話すことも会うこともなかった。

僕の初恋の思い出、少し後悔の気持ちが残った。

1回裏　大失態の初ホームラン

野球や遊びが大好きだった。親は勉強にも興味を持ってもらいたかったのだろうが、勉強するよりも野球をして遊びたい、教科書を読むより野球の漫画を読みたい、そんな気持ちの方が強かった。だから、親の目を盗んで野球をやろうとし、また、勉強をしているフリをして野球の漫画を読み耽《ふけ》った。

学校では図書の時間という授業があり、僕は文字だけが並んだ文学などの本を読むのは苦手で、本であっても野球の関係のものが読み易い。この時間、僕はいつも不滅のホームラン王、『ベーブ・ルースの伝記』を読んでいた。週に一度あるその時間、いつも同じその本を読むことを楽しみにしていた。

その頃、兄や近所の子と一緒に野球をやったり、一人でボールを壁にぶつけて練習したり、素振りなどをするのが野球の活動の中心だった。しかし、野球をやるスペースは本当に少なかったし、また、塾などに通わなくてはならず、遊ぶ時間も限られていた。

勉強の合間、「少しは遊ばせてくれ」と僕は常に思っていた。その少しの時間が許されるように、僕は母の前で探り、その時間を作れるように努力する。遊びに出ることを許されて外に出ると、遊びは、もちろん、野球だ。ボールを壁にぶつけて一人で遊ぶ。空き地で友達や兄と野球の試合をすることもあった。

空き地のスペースは決して広くないので、ホームベースから見て、一塁と三塁の角度が、本来なら九十度であるべきところが、少し狭く六十度ぐらいだっただろうか？　縦長の空き地。レフトやライトに打球を打つと、他人様の家にボールを打ち込んでしまうことになりそれはご法度。大きな打球はセンターに打たないとダメだった。

昭和の時代、都内のそんな限られたスペースでとにかく野球に憧れ、野球をやりたくて、少しの時間、少しのスペースでも、思いっきり野球をやりたかった。そして、工夫して野球を楽しむ方法を考えていた。

勉強の合間にいつもの縦長の空き地で、少人数の友達と野球をやっていた。そこでは、ゴロ以外のフライとかライナーの打球は、基本的にセンター方向にしか打たないと危険だ。他人様の家に打ち込んでしまうので。

僕はバッターボックスに立ち、ピッチャーの球を打ちにいく。その時、一瞬、振り遅れ気味にバットが出てしまって、その打球はやや右方向へ飛んで行く。真芯に当たった良い当たりではあった。本来なら右中間を破るような完璧な右方向への打球だ。しかし、その瞬間、「やばい！」と思うと、「ガチャーン！」他人様の家の窓ガラスを直撃。ボールをすごいスピードで他人様の家に打ち込んでしまったのだ。こんな失敗は初めてだった。

「コラーッ！　そんなところでバットを振るんじゃない！」と言って、その家の主人に怒鳴られる。半ベソをかきながら頭を下げてガミガミ怒られる。怖くて下げた頭を上げられない。

「早く『帰っていい』と言ってくれ」と思いつつ怒られ続ける。

「もういい。その代わり、今後、その空き地では、一切バットを使ってボールを打つんじゃないぞ！」と言われて解放される。僕は、友達と一目散にそこを立ち去り、家まで走り続けた。

母に、「空き地の横の家にボールを打ち込んで、窓ガラスを割って怒られた」と話した。

「あらー、何やっているの。危ないからバットを振り回してボールを打っちゃダメじゃない」

「バットでボールを思い切り打つから野球は面白い。なのに、それができないなんて、東京の都心に住んでいると面白くない。何で、思いっきり野球を楽しめる所がないんだ」僕は、狭苦しく、家ばかりある都心の環境を恨んだ。

そばで聞いていた姉に、「ジョニー、今回の失敗はちゃんと反省しないとダメよ」と、笑顔なく言われた。

「わかった……」姉に言われると何も反論できない。僕にとって姉という存在が両親とは別の大きな柱になっていた。姉に対して畏敬の念を抱いていた僕は、どんな時も姉の言葉だけにはわだかまりなく素直に従うことができた。

その後、母に連れ出され、スーパーで僕ら姉兄弟は買ってもらったこともないような高級なイチゴを母は買い、僕が窓ガラスを割ってしまった家に謝罪に行った。

家の主人は、先程、僕に浴びせた怒り声とは少し違って、やや抑えがちな声で、「もう割れてしまったものは仕方ないです」と言った。

母は先程買ったイチゴを差し出し、更にバッグから封筒を出して「お弁償代です」と言って渡した。

僕は母と歩いて家に帰った。母に「もう、あの空き地で野球やっちゃダメよ！　わかった？」と言われた。

「わかった。ごめんなさい」と言う。

しかし、あの空き地で野球をできないと他にやる所はない。「僕はどうすればいいのか？　今後、どうやって楽しく野球をやっていけばいいのか？　野球ができないと生きる喜びがなくなってしまう」と悩んだ。そして、「もっとうまく打てばいいのだ。とにかくセンター返し」と考えていた。

それから一週間が過ぎ、僕は壁にボールをぶつけてゴロを捕る練習に励んだ。しかし、野球は、やっぱり思いっきり打たないとつまらない。素振りはするが、実際にボールを打たないと気持ち良くない。

二週間も経つと、窓ガラスに打ち込んだことは頭の片隅に追いやって、僕は仲間を誘って、あの空き地で野球を始めた。センター返しを意識して、打撃技術を上げようと思った。

「もう、絶対にあの家には打ち込まない」と心に誓っていた。ただ、誓いだけで打つ方向をコントロールできるものでもないのだが。

空き地で野球をしていると、たまに、僕が窓ガラスに打ち込んだ家の主人が顔を出して、「コラーッ！　ここでバットを使っちゃダメだ！」と言って注意してくる。それを見ると、僕らはすぐに野球をやめて走って逃げた。

「畜生！　せっかくノーアウト一塁二塁のチャンスだったのに邪魔してきて！」と、僕は自分が粗相をしたことなどすっかりと脇へ追いやり、野球をやらせないようにする大人を鬱陶《うっとう》しく思った。

小学生の頃は、長嶋茂雄選手と王貞治選手が大スターとして日本中の絶大な人気を誇っていた。夜の八時からテレビの野球中継が始まる。ナイターのカクテル光線に照らされる選手のヘルメットは光り輝き、「何て美しいのだ」と思った。そして、選手たちの一挙手一投足に興奮しながらテレビにしがみついて観ていた。

終盤の丁度盛り上がった場面で「大変残念ではございますが、野球中継終了の時間が迫ってまいりました」とアナウンサーが言って、テレビ中継が良い場面で突然終わってしまう。そのようなことは日常茶飯事だ。

「畜生、良い場面だったのに！」こんな悔しい思いをしていた人は、僕の他にもたくさんいたはずだ。

勉強は、どちらかといえば、親から言われて仕方なくやっている。野球は、自分が好きで、進んでやっていた。ちょっとでも暇な時間があればグローブとボールを持って外に出て、壁にボールを当てて野球の練習をした。

野球の漫画も好きだった。活字だけの本は、なかなか自分から読む気はしなかったが、野球漫画は自ら積極的に読んだ。

母は、僕が当然、一生懸命勉強をしているはずの時、野球の漫画を読んでいるのを見つけると、「コラーッ、何やっているの！ 勉強をやらなきゃダメでしょ！」と言って、叱った。

食事の準備をしながら、僕みたいな三人もの子供の行動を見張るとなれば大変だが、姉や兄は、それほど母を困らせるようなことはしていなかった。

母も、食事の準備や家事が終われば、僕の勉強を見るのが自分の仕事と考え、夜の九時頃から母の監視の下で僕は勉強に励む。

「あなたは、漫画ばかり読んで、本を読まないから国語が全然ダメなのよ。それじゃあ、まず、この問題文を読んで！」

国語の勉強の特訓をいつも受ける。

僕は国語が苦手なのか、自分ではわからなかった。計算は比較的得意で算数の方が得意だとは思っていたが、国語がダメだと自分では思っていなかった。ただ、母に「ダメだ」と言われると、「本当にダメなんだろうなぁ」とぐらいに思っていた。

「僕は、算数は得意だけど、国語もそんなに苦手じゃないよ」と母に言う。

「何を言っているの！　算数だってお兄ちゃんの方がよっぽどできたじゃない！　国語の点数を見てごらんなさい。いつも低い点数ばかりじゃないの」

こんな口論ばかり母と僕がやっているものだから、心配して時々姉が間に入ってくれる。姉も自分の勉強などで忙しい時もあっただろうが、こんな時は、姉が僕の勉強を見てくれた。そうすると、僕も素直な気持ちで勉強に臨み、ものすごく勉強が捗った。

小学校五年の頃から中学受験のための塾に通った。中学受験に合格し私立校に入れれば、中学、高校一貫なので、中学では野球部に入れる。野球に没頭できる。そんな希望を持って頑張る。

この年の秋、巨人の長嶋選手が、「我が巨人軍は永久に不滅です」とスピーチして、プロ野球選手を引退した。受験勉強に精を出し始めていた僕も、この時ばかりはテレビにかじりつき、偉大な野球選手の最後に感動を覚えていた。

小学校六年になると、中学受験の勉強に益々注力し、野球をやる時間は少なくなる。それは仕方なかった。その頃、近所に可愛らしい女の子が引っ越して来た。一人っ子の美少女で僕より学年が一つ下だった。

僕は野球でカッコいいところを見せて、その子の気を惹きたいとも考えたが、「運動よりも勉強をできる子の方が、今はもてるのよ」とクラスの女の子に言われて、僕は勉強に励んだ。

「私立の良い中学校に入った方が、僕のお目当ての女の子に好きになってもらえるかも」と思い、中学受験の勉強に気合いを入れる。

父は、僕ら姉兄弟の勉強に関わることはほとんどなく、僕らの勉強を見て管理するのは、専ら母の役目だった。

勉強を面白いと思ってやっていたことはあまりなかった。しょうがないと思ってやっていた。ただ、試験に受かれば、良いことはあるだろうとは思っていた。そう、中学生になったら思いっきり野球をできるとの思いがあった。だから、遊ぶのを我慢して頑張れたのだと思う。

親は少しでも良い中学や高校、そして大学へ子供を行かせて、なるべくなら良いところで働いてもらいたいと思っていたのだろう。

僕は、そんな親の思いや期待などより、とにかく中高一貫校に行き、野球でトップクラスになることを夢見ていた。プロ野球の選手になるのも小学生の頃は諦めておらず、「絶対になる」というほどの気合いまではなかったが、「なれる可能性はある」と思っていた。

僕が受験しようとしていた中学には軟式野球部、高校には硬式野球部があり、広い野球グラウンドを持っていた。他のスポーツも含めて文武両道の学校だった。「頑張れば、もしかしたら甲子園にも出場できるのでは」と僕は思っていた。

そんな、こんな、しているうちに中学受験の時が迫っていた。たった一回の中学受験、合格の競争率は相当のものだ。優秀な人たちが挑戦する中、上位二割ぐらいには入らないと合格できない。運を天に任せるしかない。

中学受験の日の前日、僕は体調に異変を感じ、寒気を覚えた。家に帰って熱を測ると平熱を超えていて風邪をひいてしまっていた。運が悪い。夕刻、近所の医者に行き風邪薬をもらって、夕飯後に薬を飲んで寝た。「薬を飲めば大丈夫」と母に言われ、僕はそれを信じるしかなかった。

翌朝目が覚めた時には、熱も引いたようで体調はほぼ問題なかった。姉は心配そうな顔で「大丈夫?」と声を掛けてくれる。

兄も「やるだけやってこい!」と励ましてくれた。

僕は、母と二人で受験する学校へと向かう。

一日置いた、二月三日が合格発表の日で、兄が見に行ってくれた。僕は、正直に言って、あまり自信はなかった。その日も普段と同じように学校に行き、僕が家に帰ると、兄は既に家にいて、「受かっていた」と言った。

僕は、その時は、合格の自信もなかったので、「嘘だ。いいから、本当のことを言ってくれ」と兄に言う。

すると、母も「受かっていたよ。本当に！」と言って、合格証を見せてくれた。本当に合格していた。姉も笑顔で「おめでとう、ジョニー」と言ってくれた。嬉しかった。嬉しさのあまり、涙が少し出ていた。

僕は、ちょっとだけ運が良かったのだ。そんなことは誰にも言わなかったが、「この運を生かすぞ」とだけ思った。

希望の中学に合格し、祖父母が合格のお祝いに僕の欲しいものを買ってくれると言う。それで、「何が良いか、考えておきなさい」と祖父に言われた。

バットを思いっきり振って野球をしたいと思っていた僕も、祖父母から合格祝いのプレゼントと言われると、野球道具をお願いするのも少し憚《はばか》られ、「何かもう少し知的な物の方が良いのでは」と考える。

考えても、考えても、なかなか良い考えは思いつかず、僕は姉に相談してみた。

「ねぇ、お姉ちゃん、おじいちゃんとおばあちゃんから『合格祝いを買ってあげる』って言われたけど、何が良いかなかなか思いつかない。何が良いかなぁ？」

「ジョニー、そんなこと聞かれても困っちゃう。ジョニーが欲しいものをお願いすればいいことよ」と姉は言う。

「そうだけど、なかなか思い浮かばなくて……」

「ジョニーは何に興味があるのかな？　野球かぁ、それじゃあ野球の道具の何かにすれば」と姉。

「いや、野球の道具といえばグローブぐらいかな。でも、それはクラブに入ってポジションが決まってからにした方が良いと思う。それまでは、今、持っているグローブで大丈夫だから。他に良いものはないかなぁ……」

「野球以外で興味あることはないの？」

「うーん、宇宙かな。前に、と言っても、広島に住んでいた時だから僕はまだ幼稚園児。

アポロ11号が月に着陸するテレビを見ていて、宇宙飛行士になりたいと思ったことがあったよ。プロ野球選手以外の将来の夢として、宇宙飛行士があった」

「良い夢じゃない！　宇宙飛行士は難しいのかもしれないけど、宇宙に興味があるのなら、天文学者とか目指すのも良いんじゃない？」

「天文学者かぁ……、何となくカッコいいね。夢がありそう！」

「それなら、天体望遠鏡とかはどうなの？　綺麗な星空を観察できるわ！」と姉。

「そうだね。それがいい。天体望遠鏡をお願いしてみるよ」僕は言った。

その翌日、僕は両親の前で、「おじいちゃんとおばあちゃんに、お祝いとして天体望遠鏡をお願いしてみようと思うのだけど、いいかなぁ？」と聞いてみた。

「ジョニー、オマエは星などに興味があるのか？」父に聞かれた。

「うん、何となく興味があるよ。お姉ちゃんにも相談して色々と話していたら、天体望遠鏡を欲しくてたまらなくなった」と僕は言う。

「ジョニーが欲しいのなら頼んでみたらいい」と父。

母は特に何も言わなかった。僕は、天体望遠鏡は高級そうなので、両親からは反対されるかもしれないと思っていたが、意外にもそうはならなかった。

「それなら、おじいちゃんに電話して聞いてみたら？　それでお願いしてみなさい」と母が言うので、僕は祖父に電話をした。

祖父は「よし、わかった。今度の休みの時に一緒に買いに行こう」と言ってくれた。

週末の日曜日、僕は新宿駅近くのデパートの入り口で祖父母と待ち合わせて落ち合う。何年も前のクリスマスに、母からユニフォームを買ってもらった時と同じデパートだった。

デパートの売り場には、何種類もの天体望遠鏡が置いてある。店員さんが色々と説明をしてくれた。その中で、性能はまずまずで、初心者に使い易いというものを買ってもらうことにした。こんなにも高価なものを買ってもらったのは初めてだ。祖父母に「ありがとう！」と言った。

祖父母とも笑顔で、祖父が「ジョニーが、中学の受験勉強を頑張ったからじゃよ」と言ってくれた。

天体望遠鏡は少々重かったけど、僕は家まで無事に持ち帰った。そして、家に帰ると、兄に天体望遠鏡を組み立てるのを手伝ってもらい、早速、星空を観察した。

日本、東京の都心、コンクリートジャングルで、ネオンは明るく、スモッグがかかっている。スポーツをするのに最悪な環境で、天体観測にも良い環境とは言えなかった。

2回表　出会い

春が来て、小学校を卒業すると私立の男子校へ進学した。

「その男子校に行けば、何でも好きなクラブ活動に入部していい」という親との約束があった。僕は、野球部に入って思いっきりバットを振れる環境に行きたいとだけ考えていた。

バットを思いっきり振って野球をしたいという思いと、近所の一つ年下の美少女の気を惹こうという思いで、僕は勉強に精を出し中学受験をクリアしたわけだ。しかし、電車に乗って通学する身になると、小学生の時に一緒だった周りの子たちとは時間も合わず、周囲の友達付き合いは薄れて、近所の美少女の顔を見る機会もほとんどなくなってしまった。

中学一年生は、少しの間を置かないとクラブ活動を始めることができない決まりだったが、僕は野球部に入部することを自分の心の中で決めていた。そのためにこの学校に入ったようなものだから。

中学一年のクラスでは、それぞれの家の場所や帰る方向で、担任の先生が既に五人から六人の班を作ってくれていた。班は、一班から十班まであり、僕は九班に配属された。その班には僕を含めて五人のクラスメイトがいた。

「それでは、まずは、それぞれの班の中で自己紹介をし合って、そのあと、班長と副班長を決めるように」担任の先生が言う。

「よし！　じゃあ、自己紹介だ！　オレの名前は、スズキツトム。野球が好きで、小学生の時はリトルリーグのチームに入っていた。野球部に入る。好きな食べ物は鶏の唐揚げだ」と、九班に配属されたスズキという男が挨拶した。「じゃあ、次はキミ！」と僕はスズキに指名された。

「サトウジュンです。小さい時から、家族や友達からジョニーと呼ばれているので、皆もジョニーと呼んでくれればと思う。スズキと同じく野球部志望です。好きな食べ物？カレーかな……」僕は言った。

「オレはタナカヒロシ。誕生日が十一月で、アメリカのジョン・F・ケネディ大統領が、ダラスで暗殺されたすぐあとに生まれたので、親は『ケネディ大統領の生まれ変わり』などと言っていたらしい。まぁ、どうでもいいことだけど。好きな食べ物はパスタ」

「じゃあ、タナカは、ジョンと呼べばいいかな？」と僕。

「ああ、何でもいいよ。まぁ、ジョン・レノンも好きだから。それと、オレも野球が好きだよ。まだ、クラブ活動のことは考えていないが」

「次はオレでいいかな？　名前はイトウアキラ。オレも野球部に入りたいと思っています。すき焼きが好物」

「おお、良いなぁ！　皆、野球部で頑張ろう！　最後はキミだね」スズキは言った。

「僕はヨシダミキオと言います。ラーメンが大好きです。皆みたいに体も大きくないから、野球部は難しいかな……。でも、野球漫画が好きで野球は大好きです。よろしくお願いします」

五人は、班の中で自己紹介を終えた。

「よし、それでは、班長と副班長を決めよう。誰か立候補する者はいるか？」スズキが言う。誰も声をあげないでいると、「それじゃあ、オレが班長をやるよ。副班長はどうだ？　それも立候補がいなければ、四人でジャンケンをして負けた者がやることにしよう。待てよ、その前に、それぞれを何て呼び合うか、それを決めよう。ジョニーとジョンは、それで決まりだ。ヨシダミキオ……、オマエは、ミッキーだな」

「ええ、何故ミッキーなんだ？」

「ミキオだから、ミッキーでいいだろう。皆、外国人みたいな呼び名が呼び易い」

「それじゃあ、オマエはツトムだから、トムだな」ジョンが言う。

「トムか……、なかなか良いじゃないか！　あとはイトウ、オマエだ」

「ジョーでどうだ？　巨人の長嶋監督が憧れていた、ニューヨーク・ヤンキースの往年の名プレーヤーがジョー・ディマジオだよ。背が高く、ハンサムのスラッガーだったらしい。イトウはハンサムだから……」と僕は言った。

「何だか、よくわからないが、ジョニーとジョンがいるなら、オレはジョーでも何でもいいよ」

「よし、決まりだ。ジョーにジョンにジョニー、そしてミッキー……、皆をそう呼ばせてもらうよ！　ジョニー、オマエ、副班長をやれよ！　別に、副班長なんか、やることなど何もないから、いいだろう？」明るくトムに言われると、断るのも面倒だった。

「ああ、わかった。やるよ」僕は答えた。

「自己紹介と班長、副班長決めは終わったかな？　概ね終わったようだから、それぞれの班長が、班員の紹介など、簡潔に話してくれ。まずは一班から」と担任の先生は言った。

九班の番が来て、「ウチの班員は、皆、野球が大好きで、多分、全員が野球部に入ると思います。メンバーは、ジョニー、ジョン、ジョー、ミッキー、そして、このオレ、トムです。よろしく！」と、トムは、他の班長とは違って自分たちの本名は名乗らず、明るく、生き生きと、大きな声で話した。

他の班のクラスメイトたちは呆気に取られたようだった。

僕はトム、ジョン、ジョー、ミッキーという仲間に出会った。この五人はクラスでの座席が近く、また家に帰る電車の方向が同じだったので、すぐに仲良しになった。

四月から五月にかけて、体育の授業では、スポーツテストというのがあり、百メートル走、千五百メートル走、走り幅跳び、ソフトボール投げなどの記録測定が行われた。ソフトボール投げで、僕は五十五メートルを投げ、クラスで一番になった。トップの四人は、僕以下、トム、ジョン、ジョーの順だった。ミッキーは四十メートルで、少し落ち込んでいたが、決して悪い記録ではない。

百メートル走では、ジョーがクラスで一番。千五百メートル走では、ミッキーが、何と、学年で一番の記録を出した。

六月になれば、中学一年生の僕らもクラブ活動を開始できるようになる。その日が僕には待ち遠しかった。帰りの電車の中で話していて、トム、ジョン、ジョー、そして僕の四人は、野球部に入ることを申し合わせ、約束した。しかし、ミッキーだけは、まだ決心がつかないでいた。

「ミッキーも一緒に野球をやろう！　せっかく、知り合った仲だし……」僕は、既に仲良くなった五人全員で野球をやりたいと心の底から思い、ミッキーを勧誘し続けていた。

「でも、練習も厳しそうで、ついて行けるか少し不安だよ」

「千五百メートル走は、僕ら五人の中でミッキーが一番速かった。大丈夫だよ。もし、ついて行くのがきつかったら、その時、考え直せばいい。とにかく、僕ら、皆で入って頑張ってみよう！」

「ジョニーがそこまで言うのなら、とも思うけど、一晩考えさせてくれ」ミッキーが言った。

「わかった。良い回答を期待しているぞ！」

その翌朝、ミッキーは登校すると僕とトムが話しているところに来て、「親にも相談して、野球部に入ることに決めたよ。だから、皆と一緒に頑張ってみる」と言った。

「ヨシッ！　やった！」僕は嬉しさのあまり、思わずミッキーを抱きしめた。

「おお、ミッキー、やっと決心してくれたか！　そうこなくちゃ！」トムも満面の笑顔で歓迎した。

ジョンとジョーも登校して来て、ミッキーが野球部に入る決心をしたことを伝えると、

「よくぞ決心した！　ミッキー！」とジョンが言う。

「オマエ、最高だ！」とジョーは笑って言うと、ミッキーの左肩辺りを強く叩いて祝福の意を示した。

ミッキーは、ヨロクながらも笑っていたが、あの大きなジョーの手で叩かれたミッキー、かなり痛かったと思う。

六月が来て、僕ら五人は満を持して野球部に入部した。

僕らが中学一年の当時、野球人気はすごく、多くの人が野球部へ入部した。驚くほど多くの人がいて、こんなにたくさん人がいたら、バッターボックスでボールを思いっきり打てる機会があるのかと、少し不安になる。

中学一年生の僕らが野球部の練習に出た初日、僕はトムに「何でこんなに多くの人が集まるのだろうね。野球は九人しか試合に出られないのに、こんなにたくさんいたらどうやっていけばいいのか」と嘆く。

「野球は、皆が好きなスポーツだからこれだけ集まるのも仕方ないのか。しかし、多いよな」トムも当初の人数の多さに驚きを感じていた。

「こんなにたくさんの人がいたら、レギュラーポジションを取るのも簡単じゃないだろうなぁ」と僕。

「オレは、とりあえず、ピッチャーを志望し、エースを目指すよ。ジョニー、オマエは肩がいいから、キャッチャーが良いんじゃないか?」とトムが言う。

「そうだな。キャッチャーをやりたいと言う者は多分ほとんどいないだろうから、キャッチャーをやってポジションを取るのが賢いかもしれない」僕とトムが話していると、そこにジョンがやって来た。

「やぁ、ジョン。凄い人数が野球部に集まって来ているよ」トムはジョンに話し掛けた。

「そうだな。すごい人数だ。まぁ、でも、頑張ってみようぜ!」とジョン。

野球部の顧問の先生がやって来て、「たくさんの人が集まってくれてありがとう。これから守備の練習をやりたいので、皆、それぞれがやりたいポジションについてくださ い」と言った。

ファースト、サードの守備位置に多くの者が行き列を作る。やはり、王選手、長嶋選手に憧れている者が多かったのだろう。セカンドやショートにも五人以上の者が列を作った。トムをはじめピッチャーにも長い列ができた。レフト、センター、ライトの外野にもそれぞれ複数名が行き列を成す。

ところが、あんなにたくさんいる部員だが、キャッチャーのポジションにつこうとする者は誰もいなかった。どこにも行かずにまだ突っ立っていた僕に、顧問の先生は「君、キャッチャーのポジションに入らないか。キャッチャーがいないとノックもできない」と言う。

キャッチャーでもどこでも、試合に出たいと思っていた僕は「わかりました。いいですよ」と言ってキャッチャーのポジションに入った。トムと言い合わせていた通りだった。

「それではノックを始める。皆、ボールを捕ったらバックホーム、そう、キャッチャーにボールを投げ返してください」顧問の先生がそう言うと、それぞれの野手にボールを打ち、野手は捕球すると、キャッチャーの僕に投げ返した。

キャッチャーをやった僕が、誰よりも多くボールに触った。「このまま、キャッチャーに誰もなり手がいなかったら、僕はレギュラーになって打席に立てる」

とにかく、試合に出るにはレギュラーをまずは掴むことだと考えた。そのためにはキャッチャーのポジションが、一番可能性が高いかもしれない、と、やや打算的かもしれないが、子供ながらに考えていた。

中学一年生でまだ下積みの段階。試合に出ることもないし、バッティング練習も守備練習も先輩たちの半分もやらせてもらえない。時には、球拾いのみということもあった。それでも腐らず前向きに、毎日のキャッチボールやトスバッティングの基礎練習を大事に、丁寧に行った。

先輩や監督にとやかく言われるよりも先に、率先して雑務や練習に取り組んだ。辛い練習も笑顔で明るく頑張ることに喜びを見出していた。僕ら仲間は、どんな日も誰にも負けずに一生懸命にやることが好きだった。

トムと話した。ジョンと話した。ジョー、ミッキーと話した。

「練習は裏切らない」とトムは言う。ジョンもジョーもミッキーもそう言う。僕に実感はなかったが、皆がそう言っているのだからそれでよい。とにかく、彼らがいるから僕も頑張ることができる。

トムは豪快で根っからの明るい性格で、強いリーダーシップの持ち主。僕らが落ち込んでいる時はいつもトムに励まされた。ジョンは口数こそ決して多くはないが、しっかりと物事を考えていて、ここぞ、という時に頼りになる。彼は組織の中でも比較的、自由に行動していく……、そんなタイプだ。ジョーは背が高くハンサムなナイスガイで、野球もよく知るご意見番。ミッキーは僕らの中では一番のイジられキャラでマスコット的な存在。一方で、一途なところがあり芯は強い。僕はといえば、五人の中で一人だけ次男坊で末っ子だからか、調和を重んじて行動するタイプ。負けず嫌いな性格だが、それは内に秘めていた。

五十人以上いた僕らの学年の野球部員も、時が経つにつれて徐々に人数は減っていった。

ピッチャーとしてトム、キャッチャーは僕、ファーストはスティーブ、セカンドはデーブ、サードはジョン、ショートはロバート、レフトにジョー、センターはレジー、ライトにミッキーがレギュラーになっていく感じの布陣だった。僕らは、同学年の他の野球部員にも、既に外国人名のあだ名を付けて、そのあだ名で呼び合っていた。

2回裏　先輩たちの下で

夏が終わり、僕らの一学年上の新しいチームになると、新しい監督がつくことになった。その新監督は僕らの学校の先輩で、この前の三月に高校を卒業して大学生になった。中学一年から高校三年まで野球部に所属し、俊足強打のスラッガーとして活躍していたという。長身で、顔立ちは端正、何ともカッコいい兄貴分的な監督だ。

三年生がいなくなって、先輩は二年生の人たちだけ。野球をやる環境が少しずつ良くなっていく。

「オレたちも、あと一年で主力だなぁ！　それまでにもっともっとうまくなって、強くならないと」トムが言った。

「オレたちのチームは良い素質の者が揃っている。結構、良いチームになると思うよ」ジョーは言う。彼は、野球のルールや戦略の細かいことにも詳しく野球をよく知っていた。そして、外野守備もすこぶるうまかった。

「早く、僕らも試合に出たいよなぁ。一年後をひたすら我慢して待つしかないな」僕は言った。

「それまでに守備もバッティングももっと上達させないと。まだまだこのレベルだと厳しいよ」とミッキー。

「そうだな。ただ、二年生には二年生、一年生には一年生の試合をやらせてくれればいいのに」とジョーは言う。

「まぁ、しかし、それはどのスペースも時間もないだろう」ジョンはいつも冷静だ。

秋には新人戦といって、二年生以下を中心とした新チームの大会がある。地区予選で優勝すると都大会に出られる。都大会に出ることがまずは目標になる。こういった大会は、春と夏にもあり、一年に計三回の大会があった。

秋の新人戦の前に、二年生チームは練習試合を何試合か組んでいた。大会の一週間前の練習試合、ピッチャーのトムはリリーフで登板する準備をしていた。そのような時、僕はプルペンで彼の球を受けるのが常だ。

トムが六回の表から登板することになり、そこでキャッチャーは僕が行くように言われた。僕は中学野球部の試合では初出場となる。

「緊張することはない。いつもの通り。トムとはいつも練習をしてきているから大丈夫だ」そう自分に言い聞かせて、なるべく平常心でプレーするべく努めた。トムのコントロールは良く、安心してリードできた。ショートゴロ、ピッチャーフライ、そしてまたショートゴロと三者凡退でトムは切り抜ける。

次の六回の裏、ツーアウトランナーなしで僕に打順が回ってきた。僕は無心で打席に入る。打席では多少の緊張はあったが、体がガチガチということはなくピッチャーの投球を待った。二球目、ボールもよく見え自然に体が反応してバットが出た。少し振り遅れたが、うまくミートし打球は右中間の真ん中に飛んで行った。

小学生の時に近くの空き地で野球をして遊んでいた時と全く同じ感覚の当たりだった。あの時は、他人様の家の窓ガラスを思いっきり割ってしまった。そして、母と一緒に高級イチゴを持って謝りに行った。

今度は、右中間を打球が転々とする。一塁、二塁を回り、サードベースコーチは手をぐるぐる回している。三塁を回り、ランニングホームランになった。ベンチの上級生たちは大騒ぎだった。ベンチから外れたところに僕の仲間、同級生がいて祝福してくれた。

小学生の時に窓ガラスを割った、あの家の主人の顔が目に浮かび、僕は何だか申し訳ない気持ちになった。皆が喜んでいるのに意外と冷静。同じ打球を飛ばして、あの時はガラスを割って母と一緒に謝りに行ったのに、今度はホームランになって皆が大騒ぎをしている。

次の回、七回もトムがマウンドに立つ。彼は落ち着いて投げる。三振も一つ取り、難なく三者凡退で試合を締めた。

試合が終わり、一礼して、円陣をして相手チームにエールを送ると、僕は改めて祝福された。

「オマエ、初打席でホームランなんてスゲェーな！」

「一年生でホームランなんて生意気だ！」

「まぐれ！　まぐれです」と僕。ニコニコしながら先輩や同級生の祝福をありがたく受けた。

僕は、次の週の練習が終わった帰り道、仲間たちと話していた。

「この前の試合、まぐれでホームランになったけど、あれと同じような当たりを小学生の時に打って、その時は狭い所だったので、グラウンドの横の家の窓ガラスを割ってしまった」僕は言った。

「へぇー、ジョニーは都心の家に住んでいるから、野球をやる場もろくになかったのか」とジョン。

「まあな。しかし、その時はものすごい勢いで怒られた。母親と一緒に高級イチゴを持って謝りに行ったよ」

「いや、いいのだ。今回はすごいホームランだった！　ホームランなんて、そんなに打てるものじゃないぞ！」トムはいつも前向きに鼓舞してくれる。

「でも、結構、複雑な気持ちだよ。同じ打球で謝罪と祝福。この差って何だろう、って」

「それが人生なのかもなぁ。まぁ、いいじゃん。状況や環境によって物事は色々と変わるということだ」ジョンはいつも冷静で、なんか哲学的だ。

上級生の試合では下級生はベンチにも座れず、横の方に一列に並んで立ったまま応援していた。二時間も、面白くもない試合を見ているだけで疲れる。

「何故、下級生は、ただ、ボーッと試合を見てないといけないのだ？」ジョンは、ある日の練習試合後の帰り道に言った。

「本当にそうだよな。必要のない者は、何か他のことをやっていた方が良い」僕も同調。

「少なくとも座らせてもらいたいよな」ジョーの言うことはもっともだ。

「まぁ、あともうちょっと。来年の夏までの我慢だ」とトムは言った。

秋の大会も終わり冬になると、野球部の練習はグローブやボールを使わず、ランニングやサーキットトレーニングなどの体力作りが活動の中心となる。上級生と下級生の体力は違うし、同学年でもこの頃は体力的な個人差は結構ある。だから、同じようにやると、ついて行くのが難しい人もいた。野球を好きでも、その冬の練習で挫折してやめてしまう者も何人かいた。

中学一年、二学期終業の日、トムが「一月四日の日から皆でウチに泊まりに来ないか？」と提案した。

「おお、いいなぁ。五人も泊まれるのか？」とジョン。

「ああ大丈夫だ」

「じゃあ、遠慮なく行かせてもらうよ」とミッキー。ジョーも僕も同意した。

大晦日、正月三が日と家や祖父母の家に遊びに行くなどして僕はのんびりと過ごした。そして、一月四日、僕らはトムの家に集合した。

昼間は近くの公園へ行き、皆でキャッチボールやトスバッティングなどをやる。家に戻るとトムのお母さんが夕飯の用意をしてくれていた。たくさんの鶏の唐揚げにサラダ、おにぎりなどがテーブルいっぱいに盛られてある。僕らは腹ペコで、ガツガツといただいた。美味しかった。

食事が終わり、お茶を飲みながら語り合っていた時、トムのお父さんから、「皆の将来の夢は何か、何をやりたいか聞かせてくれないか?」と質問があった。

「ジョニー、オマエはどんな仕事をしたい?」とトムに聞かれた。

少し考えて、「僕は宇宙に興味がある。天文学者になりたいと思う」と答えた。こんなことを咄嗟《とっさ》に言ってしまった。幼稚園の時にアポロ11号に感銘を受けたこと、中学入学の前は天体望遠鏡を買ってもらい星に興味を抱いたこと、そしてちょっと前に読んだ本で、宇宙の組成や宇宙のとてつもない大きさに感動したこともあって、こんなことを言った。

「そうか。意外とジョニーはロマンチストなんだなぁ。じゃあ、ジョンはどうだ？」トムは、今度はジョンに尋ねる。

「オレはまだわからないけど、宇宙に行く気はないが、ヨーロッパやアメリカなど海外で働いてみたいと思っているよ」ジョンが答えた。ジョンは英語が得意で、既にこの頃から将来を見据えて努力しているようだった。

何の脈絡もなく、ただ漠然と天文学者などと言って、内心ではプロ野球選手になるのが夢と思いつつも口に出せなかった僕とは大違い。しっかりと考えている。

「次はジョー、おまえは？」ジョンがジョーに振る。

「オレは、弁護士か会社の社長になりたい。社会の役に立つ仕事をしたいと思うよ」とジョー。さすが、彼もしっかりしている。

皆がミッキーの顔を見ると、彼は「僕は、銀行員とか公務員とか、手堅い仕事が向いていると思っているよ」皆が、ミッキーの発言を聞いて頷《うなず》く。

ただ、僕は「ミッキー、今から銀行員とか言って、夢がないなぁ！　もっと他にないのか？」と言った。これは、後日談になるが、希望していたミッキーと、「夢がない」と言った僕の二人が共に銀行員として働くことになる。

「別に銀行員だっていいじゃないか。夢がないなんて失礼だ。夢は、人それぞれ違うものじゃないか」とミッキーは返して、「ところで、トム、君は何になりたいんだ？」とトムに振った。

「オレはまだ定まっていないが、三つほどある。一つは医者だ。人間の体は、それこそ宇宙ほどの深みや謎があって複雑だ。色んな病気を治して、色んな苦しんでいる人たちのためになりたい、というのが一つ。二つ目は、作家、小説家だ。ものを書いて、皆に読んでもらい、感動を与えたい。三つ目は、小学校の先生も夢として持っている。未来のある子供たちに接することに夢や希望を感じるよ」とトムは話した。

さすがトムはしっかりしている。トムだけじゃない、ジョンもジョーもミッキーもしっかりしている。僕だけが、なれもしない天文学者と言い、半ば本気でプロ野球選手になりたいなどと思っていて、一人、子供のように思えた。

「皆、色んな夢があって良いじゃないか。良い話を聞かせてもらってありがとう。これからも仲良く、野球も頑張って。それでは私は寝るとするよ。おやすみ」と言って、トムのお父さんは部屋を出た。

「おやすみなさい」僕らは口々に挨拶した。

「中学一年で、将来の仕事とか言われてもまだわからないよなぁ。ジョニーが天文学者と言うのも理解できるよ」と言ってジョンは笑った。

「もっと小さい時は、プロ野球の選手になりたいと思っていたが、だんだんと現実的になっていくのだろうね」ジョーが言った。

僕も、薄々プロ野球選手になるのは難しいと思いつつも、まだ可能性は僅かにあると思っていた。でも、自分よりも体が大きく、打球も遠くまで飛ばせる友達を見ていると、この頃には諦めるのもしょうがないと思い始めていた。

「プロ野球の選手にはオレもなりたいと思っていた。でも、他にも色々な仕事はある。オレも医者だ、作家だと言っているが、もっと自分に合った良い未来があるかもしれない」とトム。

「トムは、いつも前向きで、貪欲だなぁ。そして現実的でもある。なかなかトムみたいにはなれないよ」ジョンが言う。僕も同じように思った。トムは、僕らにとってみれば、ギラギラに輝く太陽のような存在で、常に僕らの中心にいた。

「いやいや、オレなんかより皆の方が優秀で、ジョンなんか、何をやるにしても才能が豊かで羨《うらや》ましいよ」トムは言う。

「確かにジョンは天才肌。ジョーにもそんな感じがあるなぁ」と僕は感じているままを話す。

すると、「何を言っているのか、オレなんかのどこが天才なのだ？　そんなことは全然ない」とジョン。

「オレもだ。オレだって努力もしている」とジョーは言って、笑った。

「オレたちは良いチームになる。絶対に強いチームになり、大会という大会で、全て優勝できるぐらいの強いチームになれると思う」トムは力強く話した。

「確かに、良いメンバーが揃っている。絶対に強くなるよ」ミッキーも前向きに同調する。

「おい、ミッキー、オマエは彼女とかいるのか？」トムが唐突に質問した。

「えっ、彼女なんていないよ」

「じゃあ、好きな女の子はいるのか？」

「それもいないなぁ。トム、君はいるのか？」

「オレも、今、彼女はいない。でも、小学校の時の同級生で好きだった子はいる。その子は女子校に行って、この前まで文通をしていたが、野球の練習で疲れて、今はほとんど交流がない。まぁ、しょうがないな。ジョン、オマエはどうだ？」

「オレのことは、まぁ、いいじゃないか」

「ん、さては、ジョンは彼女がいるなぁ。でも、こんな生活をしていると、野球、勉強、彼女と、なかなか続けるのは難しい。まぁ、頑張ってくれ！」トムはそう言うと、「ところで、オレたちは、どんなチームになればいいか、どんなチームを理想にすればいい？　ジョー、どうだ？」と話題を変えた。

「オレは、実はメジャーリーグに興味を持っていて、今、シンシナティ・レッズというチームが実に良い。正に理想的なチームだと思う」とジョーが言った。読売ジャイアンツとか阪急ブレーブスとか言うと思っていたので、ジョーの発言に、皆、少し驚いていた。

一方で、僕もメジャーリーグには興味を持ち始めていた時で、ジョーの発言はもっともだと思い、「僕も、レッズは理想の一つだと思う」と言った。

「そうか。オレもメジャーリーグを少し勉強してみないと。でも、どうやって情報を仕入れるのだ？」とトムは質問した。

ジョーは、「『週刊ベースボール』の記事で読んだりしているよ」と答えた。

「なるほど。オレも『週刊ベースボール』は毎週買っているが、読むのは、専ら、連続写真のピッチャーフォームのところが優先だ。メジャーリーグの記事には疎《うと》かった」とトムは言った。

「オレは、時々、紀伊国屋書店でスポーツの洋書雑誌を買って読んでいるよ。ビッグレッドマシンは、アメリカでも衝撃的なようだ。確かに、ジョーの言うように理想の野球チームだと思う」ジョンが言う。さすがジョンだ。まだ中学一年生なのにアメリカの雑誌を読んでいる。

僕もメジャーリーグに興味が出始めていたが、さすがにジョンのように洋書屋で雑誌を買うまでは思いつかなかった。

「音楽や小説は、既に欧米のものは簡単に手に入るのに、野球やサッカーなどスポーツはまだ遅れているなぁ」トムは言った。その通り、音楽や映画は、アメリカやヨーロッパの良い作品に触れることはできたが、スポーツ放送などはまだ遅れていた。

五人が揃い、色々と話した。色んなことを止めどなく話し、気がつくと時計は午前三時を過ぎていて、僕らは寝た。

春が来て中学二年生になる。春の大会が終わると六月には学園祭があり、新しい一年生も入って来た。僕らの時と同じように最初はたくさんの入部者がいた。僕は「もう少しで自分たちが中心のチームになる。もうちょっとの我慢だ」と思っていた。

しかし、それまでに、いくつも「改善したら良いのに」と思うことがあった。

「あと二ヶ月もすれば三年生が中学野球部からいなくなりオレたちの時代になる！」トムが言った。

「そうだな。そうしたら、オレたちがおかしいと思ったことは変えていきたい」とジョー。

「簡単ではないこともあると思うが、どんどん提言していこう」僕もジョーの意見に賛同した。

「まずは、一年生と二年生の試合をやるとか。一年生も試合をやる楽しみがある方が良い」ジョーが言う。

「あと、上級生の試合の時は立って見ている必要はないし、冬の練習も皆一律である必要はない」とジョンが言った。

「トムから監督に言ってくれよ」僕はトムに頼んだ。

「よし、オレが監督に言うよ」トムは頼りになる。「まぁ、でも、三年生がいなくなる夏の大会以降のことだな」

何故、スポーツ系のクラブ活動はこうも上下関係がシビアなのか。先輩を見かけたら帽子を取って大きな声で「ウォース！」と挨拶しないといけない。知っている人とすれ違った時に会釈するのならわかるが、何故、遠くにいても怒鳴るような意味のわからない言葉で挨拶をするのか、不思議だ。変な上下関係やどうでもいいルール、あまり合理的ではない練習など、まだまだたくさんあった。

野球部での活動が全ての生活の中心のような感じになっていた。野球部の仲間たちはよく食べる。僕も負けていられない。お昼の弁当の他におにぎりを母に作ってもらって早弁にした。

このおにぎりの味は格別だった。この頃は二時間目も終わるとお腹が空いて、僕は、毎日、おにぎりを食べるのが楽しみでしょうがない。

中学二年生の頃は、昼休みはグラウンド整備をしなくてはならないので、二時間目が終わると早弁用のおにぎりを食べ、三時間目が終わると主の弁当を食べた。そして、四時間目が終わるとすぐに、走ってグラウンドに向かい、トンボを手にグラウンド整備をする。野球部以外の生徒たちは、この時間にゆっくりと皆で弁当を食べ、談笑するなどしてくつろいでいる。

「ジョニーは昼休みもゆっくりできず、かわいそうだなぁ」クラスメートたちからはいつも同情されていた。

「それが決まりだからしょうがないよ。上の連中は威張っているけど、彼らも下級生の頃は同じようにやってきている。それが、伝統というか、決まり事なのだろう」

「おかしな決まりは、やめた方がいい」ラグビー部に所属する友達が言う。

「下の学年の者が、いくら正論を言って、バカなことを変えたいと言っても、先輩は『生意気なこと言うな！』という感じで、聞く耳を持たない」

「野球部だけは、何故か、前近代的な組織だな」とラグビー部の友達は言う。

確かに、野球部の上下関係は他のクラブと比べて厳格だった。学年が一年上に行くごとに、威圧感も増す感じがあった。しかし、自分たちではどうすることもできず、ただ、ひたすら我慢するしかなかった。

嫌なこと、不条理なことなどなどたくさんあったが、いつか来る中学最高学年の日を待ち、希望を持って頑張る毎日が続いていた。

中学野球部は三年生の夏の大会が実質的に最後で、その大会が終わると三年生は高校野球部に所属するか、野球部をやめるかどうかの選択をする。だから、夏の大会が終わると上の学年の人がいなくなり、次の代、二年生が中心のチームになる。

「早く一番上の学年になりたいよな」トムは言う。「でも、先輩たちには大会でなるべく勝ち進んで欲しいしなぁ。早く負けたら、それだけ早く、一番上の学年になれるが、そんなことを考えてはいけないな」

「まあな。同じチームだからな。自分たちの幸せだけを考えてはいけないな」と僕は言った。

そんなふうに言うものの、本当は、「早く先輩たちにいなくなってもらいたい」とだけ思ってずっとやってきた。もういなくなるのが見える状況になって、「少しでも長く」などと思うのは偽善に過ぎない。

軍隊がどういうものか知らないけど、何だか軍隊チックなものを感じる昭和の時代の野球部。怖い先輩は、いない方が良いに決まっている。本当に良い人で、皆のことを考え、理不尽なことをしない先輩ならばいい。しかし、そのような人は、あまり見当たらない。

僕らが道具置き場から、バケツいっぱいに入ったボールを運ぶ際、「一つでもボールを落としたら、また持ち始めたところに戻ってやり直しだぞ」と先輩に言われればそれに従う。授業の関係で仕方なく練習時間に遅れても、先輩にあとで呼ばれて説教を受けたこともあった。

青年監督だけが、唯一の、年上の良き理解者だった。先輩の中にも良い人、人格者、素晴らしい人間性の持ち主は何人もいたはず。いたと思う。多分、ほとんどはそういう人たち。しかし、先輩と後輩の間には、大きな溝が存在していた。それが野球部の組織だった。

野球部に憧れて、広いグラウンドで野球をすることを夢見て野球部に入部したが、最初の一年と少しの期間は我慢の時期だった。

中学二年、一学期の期末テストが終わると、先輩たちの最後の大会、夏の地区予選が始まった。大会は全てトーナメント方式だから、一回負ければそれで終わり。その次の日から僕らのチームになる。

その日は八月初めにやって来た。先輩たちは二回戦目に敗れ、翌日からは僕らが主流。先輩たちが負けた日、この日を僕らは待っていたわけだが、負けて悲しんでいる先輩たちを見ているのはさすがに辛かった。

監督も、またすぐに新しいチームで心機一転ともいかないだろう。翌日から一週間、野球部の活動は休止となった。

トムは「来週のどこかで、また、ウチに集まらないか?」と、いつもの仲間に相談してきた。

ジョン、ジョー、ミッキー、僕の四人はすぐに賛同。またトムの家に泊まりに行った。トムのお父さんには、「いよいよ君たちが主役だねぇ。きっと良いチームになる。頑張ってくれよ」と言われる。

お母さんはまた大量の唐揚げをこしらえてくれて、「良かったわねぇ、やっと上級生になれて」と言って笑った。

「いやぁ、やっとですよ。この日を待っていましたから」ジョーが応えた。

「まぁ、負けた先輩たちには多少失礼かとは思いますが、皆、野球の試合をやりたいですからね。やっとそれができるところに来られた」僕は言った。

「そうよねぇ。中学生は運動部に入っても、試合に出られるまで一年以上も我慢しないとならないのね」とお母さん。

「でもねぇ、下積みというのも大事なものだよ。大きくなって社会に出て働くようになっても、すぐに自分の思っているような仕事をできるわけでもない。そういった経験は、これからもあるだろう。それを考えれば、決して悪い経験ではなかったはずだよ」

トムのお父さんは優しく語り、僕らは納得していた。

「さぁ、食べてちょうだい。ミッキーもたくさん召し上がってね」お母さんから食事を勧められ、僕らは例によってガツガツと食べ始めた。唐揚げやポテトのフライ、サラダなど全てが美味しかった。

食事が終わると、僕らはトムの部屋に行き、また語り合った。「そうか、下積みって今だけでもないのか。こんなに意味のない時って、これからも結構あるということか」ジョンが呟《つぶや》いた。

「まぁ、それはしょうがない。大事なのは、常に前向きに明るい気持ちでいることだ」トムの言葉は心強い。全くその通りだ。

「僕は皆と出会えて、こうやって美味しいご飯食べて色々と話し、キャッチボールやトスバッティングもできて、楽しいと思っているよ」ミッキーは天然……、というか、僕らの中では一番素朴な人柄。僕みたいに、つまらないことにグレーな気持ちになったりしないものか。強い性格なのかもしれない。

「でも、これからは下積みではなく、最上級生として責任を持ってやっていかないといけない。試合にも勝たないといけないし、考えようによっては、より大変になるのかもしれない」ジョーは冷静に言った。

「責任か。確かに、チームに対しての責任というのがあるのか。自分たちのためにやることだが、それぞれがそれぞれのポジションや攻撃面でも責任が出てくるのか」とトム。

「あまり堅いこと言わずに、前向きに明るくいこう!」僕は言った。

「そうだよ。皆、この日が来るのを、自分たちのチームになるのを、心待ちにしていたのだから、精一杯やろう!」ジョンも同調した。

「もちろんだ。オレだって嬉しくてしょうがないよ。ワクワクしている。しっかりと上位打線に座って得点に貢献したいと思っている」ジョーもやる気を示した。

僕らは結束していた。他のメンバーも皆仲が良い。特に、この五人は中学一年生の時にクラスも一緒で気が合った。

僕らが野球部に入部して一年と二ヶ月が経つ。考えてみれば、そんなに長い時間が過ぎたわけでもないが、中学生の身としては非常に長い時間に感じられた。

「『働くようになってからも下積みがある』とはねぇ……。まだ、働くことなど想像もつかないなぁ」僕は言う。

「そりゃそうだ。ジョニーは天文学者になると言うし、どんな下積みがあるのか想像するのも難しい。そもそも天文学者って何をやるのだ?」ジョンに言われた。

「僕は、本当に天文学者になれるとは思っていないよ。ただ、情けないことに、まだ何もなりたいものがわからない。だから、つい、この前はあのように言ってしまった」

「いやいや、ジョニー、天文学者なんて夢があって良いじゃないか! 素晴らしいと思う」トムが言ってくれた。

「ありがとう。でも、僕は物理の点数が低くて、まるで才能がないと思うよ。宇宙のことで面白い本があれば読むけど、天文学者なんか無理。それより、ジョンは海外で働きたいと言っていた。具体的にどんなイメージなの? 僕もメジャーリーグに興味があるし、音楽や映画もアメリカやヨーロッパのものは好き。宇宙まで行かなくても、日本とは違う世界に行ってみたい気もする」

「おお、そうだろう。オレも漠然とそんなもんだよ。ビジネスパーソンとして、アメリカやイギリスなどで働けるチャンスはあると思うよ。これからは今よりもっと門戸が開かれる」

「なるほどなぁ。さすがジョン。オマエは、いつもオレらの先頭を行っている感じだ」とトム。

「そんなことない。トムがいつも先頭で我々を引っ張ってくれている。まぁ、もちろん、ミッキーがいて、ジョーがいて、ジョニーがいるから、ウチのチームが成り立っている。皆が主役でリーダーだ」とジョン。

「そうだな。オレら以外にもレジーやデーブ、ロバート、スティーブらがいて成り立っている」トムが言った。トムは何といっても僕らの中心だ。裏表がなく、明るく、前向き。皆が頼りにしていた。ピッチャーとしての実力は、キャッチャーの僕が一番よくわかっていた。

「そういえば、トムは、医者、作家、教師のどれかになりたいと言っていたけど、あれから考えは絞れたのか?」ミッキーがトムに聞く。

「いや、あれからまだ数ヶ月しか経っていないじゃないか。あの時に言ったこと、今も変わっていないよ。ミッキーは銀行員か公務員か決めたのか?」

「いや、まだ」

「同じことだろ」とトム。

真面目な話もすれば、からかい半分のふざけた話も多くした。からかわれることの多いのは、ミッキーか僕だ。

3回表　僕らの時代

夏休み中に、僕らは新しいチームを発足。キャプテンにはトムがついた。誰も異論はない。トムは、このチームのエースでキャプテン。太陽のような存在だ。

僕も副キャプテンとしてトムを支える役となり、ジョンもジョーもミッキーも、誰かに何かを言われなくてもちゃんと力になる存在だった。

「オレたちの目標は、まずは秋の新人戦、地区大会で優勝することだ。そのためにできることをやろう！」トムが先頭に立って僕らを鼓舞した。

新しいチームでの初練習、僕らは元気いっぱいに声を出し、誰もが積極的に動いた。

今までは、先輩から「もっと声を出せ！」と言われて、その時だけどうでもいいことを怒鳴っていたが、この日の練習では自然と意味のある声がどんどん出ていたような気がした。

この日の練習の帰り道、僕はトムに「なぁ、トム、僕らがまだ下級生の頃は下積みと思っていたけど、今の後輩たちには少しでも楽しい思いをさせてやれれば良いと思うが、どうだろう」と話し掛けた。

「そうだな。オレも同じように思うよ。前にジョーも言っていたように、紅白戦でもいいから後輩たちにも試合を経験させてあげれば良いと思う。野球は試合をして初めて楽しいし、紅白戦もいい練習になる。そうじゃないかな？」とトム。

「同感だ。監督に働き掛けよう！」

「そうだな。もしかしたら、すんなりと賛成はしてくれないかもしれないがね」

「紅白戦のみならず、他にも何か良い案がないかどうか、他のメンバーにも聞いてみてはどうだろうか。皆の総意を得て監督には話した方がいいと思う」僕は言う。

「うん、わかった。今度、オレらのメンバーで一度話し合ってみよう」トムは言った。

そして、数日経った練習のあと、「ちょっと、皆に相談したいことがある。オレたち仲間で相談して、これからの練習や部の活動について監督に提案してみようと思う。オレだけの意見ではなく、我々皆の意見としてまとめて提案したい。だから、ちょっと集まってくれないか?」トムはメンバーが揃っているところで、そのように言った。誰も反対する者はなく、そのあとに皆で教室に集まった。

トムは、いつも教師が授業をする教壇に立ち、「皆、集まってくれてありがとう。これからオレたちが中心のチームになるわけだが、もちろん、大会での優勝を目指すし、強いチームにしてたくさんの勝利を味わいたいと思う。それと同時に、後輩たちも含めて皆が好きな野球を楽しめる、そういうクラブ活動にしたいとも思っている。オレたちは、野球部に入って一年以上経つが、まだ野球の試合に出られたのは限られた何人かだけだ。他のほとんどの人はまだ試合に出ていない。『それが楽しかったか』と問われると、『楽しい』と答えるのは多分ミッキーぐらいで……」ここで皆はミッキーの顔を見て笑った。「ほとんどの者は、あまり面白いとは思わなかったのではないだろうか。それだから、最初はたくさんいた部員も多くの人はやめていってしまった。そこでまず一つ提案だが、これからの練習では、後輩たちも含めて試合ができるように紅白戦を多く取り入れてもらうように監督に働き掛けたいと思う。どうだろう？」と皆に問い掛けた。

「良いと思う」

「賛成！」

「オレもたくさん試合をして打席に立ちたいよ」

デーブやレジー、スティーブらが口々に言って、誰にも異論はなかった。

「よし、わかった。それでは紅白戦をなるべくやろうとの提案をまずはする。頻度について意見のある者はいるか？」

「頻度は、トムと監督に一任するよ」ジョンが言い、皆も賛同した。

「それでは、他に意見はあるか？」

「夏の暑い時、水を飲めないのはどうかと思う」スティーブが発言。

「そうだな。それも言ってみるか」とトム。

「グラウンドを使える日に走っている時間が多いのはもったいない。使える日は、最初からバッティングやノックをやった方がいいと思う」とジョー。

「そうだな」とトムは言った。

「オレたち、皆、あだ名で呼び合っているから、監督もあだ名で呼びたいと思う。例えばビリーなんてどうだろう？」レジーが発言した。

「それは良い！　でも、何故ビリーなんだ？」ジョーが笑いながら尋ねる。

「今、世界で一番強いと思われる野球チームはニューヨーク・ヤンキース。その監督がビリー・マーチン。だからビリーが良いと思った」レジーは答える。

「良いね。オレは賛成」ジョーは言い、他の皆も賛成した。

「ヨシ、わかった。今、出た皆の意見をもとに監督に相談する。あとは、オレと副キャプテンのジョニーに任せてくれ」とトムは言い、皆が了解してその会はお開きとなった。

その数日後、「なぁジョニー、監督に紅白戦のことを話そうと思うが、一緒に来てくれないか？」

トムに言われ、僕は「ああ、いいよ」と答えた。

「サンキュー」

「で、いつ話す？」

「明日の練習のあとでどうだろう？」

「わかった。じゃあ、明日、一緒に行くよ」

翌日、トムは練習後に監督をつかまえて、「監督、ちょっと相談したいことがあるので、あとで少しだけ時間をいただけませんか？」と言い、監督は即オーケーした。

トムと僕は、監督と三人で教室に入った。

「で、相談って、何だ？」監督は聞いてきた。

「我々のチームになって、オレたち皆で話したのですが、一つ提案をしたいと思いまして」トムは言った。

「おお、いいよ。何でも言ってみてくれ」

「はい。後輩たちも含めて、紅白戦による練習機会を増やして欲しいと思っています」

「なるほど。それは何故？」

「野球は、試合をして初めて面白い。しかし、我々のほとんどは入部してから今まで野球の試合を一回もしていません。皆、野球の試合に飢えています。後輩たちもあと一年、野球の試合をできなければ、モチベーションは上がってこないと思います。ですので、練習の中に是非、紅白戦を入れて欲しいと思います」

「そうか。わかった。オレもそれは良いと思う。まぁ、もちろん、紅白戦ばかりとはいかないが、それは意識して取り組もう」と監督。

さすが、監督だと僕は思った。そして、トムと目を合わせ小さくガッツポーズをした。

「他にも何かあるか？」監督が聞いた。

「はい、もう一つだけ。オレたちは、監督も知っている通り、皆、あだ名で呼び合っています。それで、失礼ではありますが、監督もあだ名で呼ばせてください！」トムは言った。

監督は笑って、「何だ、それ？　で、何てあだ名だ？」と言う。

「ビリーと呼びたいという意見が出て、全員が賛成しました」とトム。

「ああ、わかった。オマエらの好きにやってくれ」と言って、監督、ビリーは笑った。

「こちらから要望することは以上です」とトムは言って、水を飲ませてもらいたい件などは言わなかった。

中学二年の秋、巨人の王選手が、ハンク・アーロン選手の保持していた当時のメジャーリーグ通算ホームラン記録を抜くことで日本中が盛り上がっていた。僕は、その試合、その瞬間を、家族と共にテレビで観戦していた。長嶋選手の引退の時と同じように、心を大きく揺さぶられる感動のひとときだった。

その少しあとに僕らチームの、初めての対外試合の日が来た。

僕らは後攻で守りから入る。僕は、キャッチャーとしてトムをリードする。彼はここ最近、調子を上げてきて、ストレートのコントロールはもとより、カーブの曲がりも以前より良くなっていた。なので、僕は自信を持ってリードできた。

基本は外角低めのストレート。僕はサインを出し、トムは頷《うなず》き、ほとんどを構えたところに投げ込んだ。トムが投球し僕が受け、一声掛けて球をトムに戻す。この時、僕らの間では言葉数は少なくても常にコミュニケーションを取っていた。バッテリーとはそういうものだ。

この試合、たまたまチャンスで僕に打順が回ってきて、その打席、僕は三遊間にタイムリーヒットを放ち僕らは一対ゼロでリード。そのまま試合は最終回の相手の攻撃になる。

トムは珍しくコントロールを乱し、先頭バッターにフォアボールを出してしまう。その後、不運にも相手バッターの打った打球が悉《ことごと》く人のいないところに落ちて、トムは連打を許し相手チームに二点を取られ逆転されてしまった。

最終回裏の僕らの攻撃で点を取ることはできず、僕らの初めての対外試合は苦い敗戦で終わった。

試合後、トムは「最後、打たれた一球が高めに行ってしまった。あの一球、もっと低く投げないとダメだった」と言う。

ファーストのスティーブは「最終回、あのフライはオレが捕るべき打球だった。トム、悪かった」と申し訳なさそうに話す。

ビリーは「良い試合だった。反省すべきこともそれぞれあっただろう。負けたからといって下を向くことはない」と言って、僕らを励ました。

秋の大会の日が近づいていた。

大会は、一回負けてしまえば終わりのトーナメント戦。

僕らのチーム、エースのトムに、攻撃ではジョン、ジョー、トム、そして僕と、なかなかの戦力で、ビリーからの期待も高く「何年かに一度の強いチームになるだろう」と言われて、僕らもすっかりその気になっていた。目標は、もちろん地区大会での優勝。練習もたくさんやってきて、僕らは自信を持って大会の日を待った。

九月の第二週の土曜日、秋の地区大会、新人戦とも呼ばれていた大会の一回戦の日が来た。その試合、トムの調子はまずまず。こちらがジョンのタイムリーで先制した。しかし、トムはその裏、フォアボールを連発したあと、タイムリーヒットを打たれて逆転を許す。相手チームには予想以上にうまい選手が揃っていた。

ただ、僕らも負けていられない。ジョーと僕のヒットなどで逆転して、三対二で最終回を迎えた。僕らは先攻で相手が後攻。相手の攻撃をゼロで抑えれば勝ちだ。

相手の攻撃は八番バッターからだった。トムは、先頭バッターを打ち取ったものの次のバッターにはフォアボールを出してしまった。そして一番バッターにヒットを打たれてワンアウト一塁二塁。次のバッターを三振に取ったものの、相手三番にはフォアボールを出してツーアウト満塁のピンチ。ここはもう「何でもいいからトムに打ち取ってもらうしかない。フォアボールだけはやめてくれ」と僕は思っていた。

その初球、インコースに来たボールを相手はよけようとした。僕は「デッドボールか？」と思って、目を閉じそうになった。その瞬間、ボールは打者のよけたバットに当たり、トムの前に転がった。「ラッキー！」と僕は思い、トムに一塁に投げるべく指示をした。「勝った！」と思った。ところがトムは焦ったのか、一塁への送球はワンバウンドの悪送球になってしまう。その間に、三塁と二塁にいた二人のランナーがホームに帰って来て、逆転サヨナラ負けを喫した。相手チームは大騒ぎだ。僕らは茫然としていた。

試合後、ビリーは一言も発することなく、足早にグラウンドをあとにした。

大会の初戦、僕らチームの初めての対外試合と同じように、良い試合をしながらも最後の詰めが甘く敗れてしまった。

帰り道、「最後のピッチャーゴロ、あれはホームに投げても良かったね」ジョーが言う。あとで考えると僕もそう思った。ホームの方がトムの捕球した位置からは近かったし、トムも投げ易かったと思われたので。でも、咄嗟《とっさ》に僕は指示できなかった。

トムは「あんなプレーをして、ビリーはオレを怒っているだろうなぁ」と言って落ち込んでいた。

「もう、終わったことはしょうがないよ」僕は言った。

「そうだよ。ビリーが怒ろうが関係ない。怒るのなら、さっさと一人で帰らずにその怒りをオレたちの前で言えばいい」とジョン。

「ここ、というツメが甘いんだよなぁ、オレは」トムは自分自身の不甲斐なさを嘆いた。ジョンもトムもジョーもミッキーも、そして僕も何ともやるせない気持ちだった。ビリーも同じような気持ちだっただろう。

変な負け方だった。それは悔しい。残念でしょうがない。何故もっと落ち着いてできなかったのか？　何故ミスをしてしまったのか？　疑問に思ってもしょうがなかった。もう、全てが終わったあとだったから。

家に帰ると、家族の皆が僕の帰りを待っていた。僕らチームの大会の初戦、家族の皆も応援してくれていた。

「どうだった？　ジョニー」早速、母が聞いてきた。

「いいところまで行って、ほとんど勝っていたけど、最後の最後で逆転サヨナラ負けを喫してしまった……」と言って、僕は部屋に行きカバンを置くと風呂に入った。

風呂から出ると食卓に着き、母が用意してくれたご馳走を皆で食べた。最初、皆が黙ってご飯を食べていた。

「まぁ、結果は結果。しょうがないよ」僕は自分のせいで皆まで落ち込ませるのは嫌だったので、笑ってそう言った。

「そうだな。また次もあるから、次の大会で頑張れ！」と父が言ってくれた。父が僕の野球の試合に関心があるとは思っていなかったので、この一言はすごく嬉しかった。そして、後悔するのは帰りの電車までと思い、僕も心は「次、次」と思っていた。

「優勝するとか言っていたから、まさか一回戦で負けるとはなぁ」と兄はからかい半分で言った。

姉は兄を諌《いさ》めたが、僕は「いやー、本当だよ。しかもサヨナラ負け。こんな情けない負け方だったのだから、けちょんけちょんに言ってくれていいよ。姉貴もボロクソ言ってくれ」と言った。

「一回戦負けは残念だったわね。私も期待していたから。まぁ、でも、また次に頑張るしかないよね」と姉。

「あんなに一生懸命に練習していたのに、ちょっと期待はずれだったわ。今度からあまり期待することはやめるわ」と母は笑って言った。その後も色々と話し、そのうち僕も笑って話していた。

寝床に入ると、あの負けた瞬間が頭に甦《よみがえ》ってきた。勝利が目の前にあっただけに、やはり悔しかった。悔しくて、悔しくてたまらない気持ちが頭の中を襲った。しかし、疲れていたのか、いつのまにか深い眠りに落ちていた。

週が明けて、いつから練習が始まるのか、僕らはビリーから指示されていなかった。トムがビリーとは連絡を取り、水曜日の放課後から練習が再開されることになった。

週明けの月曜日、野球部以外のクラスの友達からは「オマエらあんなに良いグラウンドもあって練習していたのに一回戦負けとはなぁ」とバカにされ、「練習ばかりやらされて、すぐに負けて、かわいそう」と同情までされる有り様だった。僕は別に反論する気もなく、堂々としていようと思った。

ただ、あまりにも多く言われるものだから、「負けたのは僕ら野球部の連中だ。皆には関係ないからいいじゃないか」と言った。

そうしたら、「何を言っている、ジョニー！　オレたちはオマエら野球部に期待していた。勝利を楽しみにしていたのだ。オマエら野球部の連中は、オレたちのヒーローだ。皆が応援している。だから『関係ない』とか言うことはやめて欲しい」と、ある友達が言った。

その言葉は僕の心にグサっと刺さった。あんなにいつも僕のことを茶化していた友達が、こんな言葉をかけてくれる。クラスの友達の中には野球部で頑張りたかったけれど、やむなくやめていった人も結構いる。そんな人たちの中にも野球部の僕らのチームを応援してくれている人がたくさんいたのだ。僕は感激した。そして、「反省するべきことは反省して、とにかく切り替えて、また前を向いてやっていこう」と思った。

僕らのチームでの初めての対外試合、そして大会の初戦と、秋の大事な試合では、ここという時、いかにも惜しい、悔しい負け方をした。一つのキャッチボールに、ちょっとした一つの声掛けの足りなさに、とにかく失敗してミスミス勝利を逃した。後悔してもしょうがない。もう終わってしまったこと。

僕らのチーム、ジョンとジョー、そしてトムは、なかなかのパワーヒッターだったが、その他は、相手の野手の間を抜いてヒットを狙うようなバッター。どこからでもバカスカと点を取れるような打線ではなかった。だから、チャンスをしっかりものにして一点ずつしっかり取りそれを必死に守り切る、そんな野球で勝つようなスタイルだ。

その頃から、トムやジョンやジョーとは、一球の大切さ、大事さ、というものをよく話した。

トムは「とにかく、一球で野球の試合の流れは変わる。その一球で後悔してはならない。その一球で勝ちを手に入れられる可能性がある。そんな一球を大事にしないといけない」と話す。

「確かにピンチの時の投球には細心の注意が必要だ。そんな時は一球にとどまらず、二球、三球と間違いのないように投球しないといけない」僕は言った。

「ああ、その通りだ」とトム。「ただ、それも一球、一球だ」

「打つ時も、この一球を仕留めることができたかどうか、ということがある。ただ、結果が出た時は、意外と無心で打てた時が多いようにも思うよ」ジョンが言う。

「確かに、その瞬間、自然とバットが出て、うまくいっていた……、そんな時はあるね」ジョーも続いて言った。

秋以降、試合をしていく中で、僕らのチームは、エースのトムを中心にした守りに強みのあるチームなのかな、と僕は思うようになっていた。もちろん、相手の力が少し落ちる時は、大量点を奪って大差で勝つこともあった。しかし、相手が強いと大体はロースコアーになり、僅差で勝敗の決まる試合が多かった。

ジョーやジョンや僕は、シンシナティ・レッズの「ビッグ・レッド・マシン」に憧れて、自分たちもあのようなチームを目指したいと思っていたが、なかなか理想通りにはいかない。でも、夢を追いかけて、明るく、前向きに取り組んだ。

3回裏　野球バカ

中学二年の二学期も終わり、僕らは正月明けにまたトムの家に遊びに行くことになる。丁度一年前に始まった行事。皆と食べる食事は美味しいし、語り合うことはいくらでもあった。

「オレたちのチーム、もうちょっと強いと思ったが、なかなかうまくいかないものだな」トムが言う。

「大会の初戦といい、練習試合の初戦も、いいところまで行ってオレらは勝てないよなぁ」とジョー。

「秋の大会は、ほとんど勝っていたのが、するりと勝ちを逃してしまったからな。でも、あの相手チームが優勝したわけだから、我々にも充分に優勝のチャンスはあった……」僕は言った。

トムは、「まぁ、そうだな。オレのせいで申し訳なかった」と言う。

「いや、トムだけのせいではない。ただ、チャンスはあった」と僕。

「でも、終わってしまったことはしょうがない。次の春と夏の大会で頑張るしかない」ジョンが言う。

「大会はトーナメントだから、本当にきついが、他の学校も同じ条件だから仕方ないなぁ。どうやって勝ち進むか、だな」とジョー。

「練習量じゃあ、どこにも負けないのに……」とトムは言う。

「練習量で勝負するわけじゃないからなぁ。試合に勝たないと意味がない。特に大会は」とジョー。

「ウチのチームは、やはりトムとジョニーのバッテリー中心に守り勝つのかなぁ」ミッキーが言った。

「トムとジョニーのバッテリーの力で勝負している感じが強いのは確か。野球は、もちろん、投手力が重要だけど、トムだけに頼っていてもちょっとしたことで勝利が転げ落ちてしまう。打力の強化が必要だろう」とジョー。

「確かに攻撃力をもっと上げたいところだ」と僕は言った。「しかし、どうやって?」

「打撃はなかなか計算が立たないからなぁ。常に打って、打って打ちまくろうとは思っているが、なかなかそううまくもいかない。もっと打撃練習をした方がいいだろうなぁ」とジョン。

「ジョンやジョーのような強打者が九人揃っていれば良いが、それを今更望んでもしょうがない。総力で勝てれば良い」トムが言う。

「打つのと同様に、もっと盗塁などもして走塁のレベルを上げることも大事だし、四死球で出塁することも大事」と僕は発言。

「そうだよ。野球は、ベースをいかに奪って、ホームに帰るかのゲームだから、ヒットも四死球も一緒だ」とジョン。

そうなのだ。野球は、打席に立って、一塁、二塁、三塁とベースを回って、最後、ホームに帰って点になる。アウトにならないでベースを回って無事にホームにいかに帰って来るかの争いだ。

その間、バットでボールを遠くや野手のいないところへ飛ばして、ベースを駆け巡る。何とも面白いゲームだ。

「でも、こんなに頑張って練習しているのに、僕なんか、なかなかうまくならないよ」

ミッキーが少し寂しげに言う。

「僕ももうちょっと身長が伸びてくれると良いが、もうほとんど伸びないよ」と僕。

「野球は身長だけでやるものじゃない。ジョニーは大丈夫だよ。肩も強いし、体もしっかりしている。ミッキーも前より数段うまくなっている」トムが言ってくれた。トムは、いつも明るく前向きで、僕らを励まし良い方向へ導いてくれる。

「まぁ、頑張るよ。でも、こうやって、どうしたら勝てるか、強くなれるかって僕らもよく話す。真面目に野球に取り組んでいる」僕は言った。

「それが好きだから。野球が好きだから。好きなことに真剣に取り組めて、オレたちは幸せだ」ジョーが言う。全く、その通りだと僕も思った。

「それに、良い監督にも恵まれた。ビリーは厳しいところはもちろんあるが、オレたちのことを理解してくれていてアドバイスも的確。最高の監督だ」とジョン。

「ビリーに監督をやってもらえて、こんなに素晴らしいことはない。だから、ビリーのためにも何とか勝って勝ち進みたい。地区大会に優勝し、都大会でも優勝したい」とトムが威勢よく言う。

「そうだな。本当に、ビリーのためにも優勝したいと思う。自分たちもトップに立ちたい」僕はそう言って、本当に純粋に野球を好きな仲間に囲まれている自分を幸せだと感じた。

そのあとも色んなことを話した。皆、野球が好きだったが、中学生、他にも色々と興味が出てくる時期でもあった。音楽、文学、哲学、女の子。それぞれが色んなことに興味を持ち、好奇心を持ち、自我が芽生え、悩み、とにかく精神的にも肉体的にも色々なことが変わっていくような、そんな時期だった。

「僕らは若い。色んな可能性がある」と僕は思っていた。そして、「この仲間たちとは、どんな高い目標にも立ち向かえ、何でもクリアできるのではないか」というくらいに思っていた。

トムの家では、深夜まで皆で語り合った。とても楽しく良い時間を良い仲間と過ごすことができて幸せだ。しかし、皆が少しずつ尖ってきていた。思春期でもあり、反抗期でもあったのだ。

心に、頭に、それぞれが各人の思いを持ち、それぞれが考えていた。人の意見をただ聞き入れるだけではダメだと、誰もが思っていた。

でも、僕らは皆、仲が良く、それぞれを尊重していた。そして、監督のビリーを信じ、彼をリスペクトしていた。

冬休みは終わり、中学二年の三学期が始まる。

グラウンドには霜の降りることもあり、ボールを使っての練習は難しい。ランニングをやり、ダッシュをやり、柔軟運動、腕立て伏せ、腹筋、背筋などのトレーニングをやった。二月半ばぐらいになり、徐々にバットやボールを使った練習が再び始まった。

野球部以外の者には、僕たちは「野球バカ」と映ったかもしれないが、一人ひとりを見ていると、どんな生徒よりも個性があり、繊細で、優秀な連中が揃っていたように思う。まぁ、でも、ただの「野球バカ」でも何でもいいと思っていた。

春が来て、僕らは中学三年になった。クラス替えはなく、中学二年の時と同じクラスメイトに担任の先生だった。繰り返しの毎日が再び始まる。毎日の通学の電車、見ている風景は同じ。僕は「小説を読んでみよう」と思い、いつの日からか、毎朝、本を読むようになった。姉や兄の影響もあったのかもしれない。

野球の試合、打てた時は気持ちいい。打てなくても良いリードができて勝てた時は嬉しい。打てなくて、守れなくて、全然活躍できなかった時でも、次に頑張るぞ、という気持ちになればいいこと。野球の練習、野球の試合と共に成長していった。

中学三年にもなると、学校生活に慣れて新しい知識習得の意欲も関心も次第に薄れ、授業には最早新鮮さなど感じようもない。

毎日、朝早く起きて学校に行き、関心の湧かない授業を受ける意味は何なのだと思うこともあった。しかし、僕には学校の授業だけでなく、そのあとの野球部の活動があった。それは、仲間たちとの濃密な時間だった。

春の大会まで、あと二週間、僕らは都心の強豪校と練習試合を組んだ。その中学校は、秋の新人戦で地区優勝して都大会に出ている。その学校をトムは練習試合の相手としてセットした。

日曜日のお昼過ぎからの試合、僕らは先攻で、初回の攻撃は三者凡退で打ち取られた。さすが、噂の強豪校、エース投手の投球は素晴らしい。細身の体格だが、外角低めのストレートのコントロールが抜群。糸を引くような見事な球だ。変化球も落差の大きい良いカーブを投げていた。

一回の裏、ランナーを許しながらも何とかゼロ点で抑える。その次、二回の表、ワンアウトで僕の打順が来た。僕は「ストレート一本に絞り、初球から狙っていこう。恐らく初球からカーブは投げてこないだろう」と思っていた。

その初球、真ん中低め、やや外角寄りにストレートが来た。ワンバウンドになりそうな低めの球だったが、僕は果敢にバットを出した。すると、バットの芯でボールを捉え、打球はライナーでセンター前に飛び、ヒットになる。だが、そのあとが続かず二回も無得点。

トムも良いピッチングで、時折ランナーを出しながらも無得点に抑えていった。両チーム、無得点のまま七回の裏まで終わった。中学野球は、七回で終了だったが、そのまま延長戦に突入。ゼロ対ゼロのまま相手九回裏の攻撃となる。

僕らは、二本のヒットにフォアボールを一つ許して、ノーアウト満塁のピンチを招く。そこで迎えたバッターにスリーボール、ワンストライクとトムはカウントを悪くした。その次の投球、低めのボールがストライクにはならずフォアボールとなり、僕らはサヨナラ負けとなった。秋の大会の一回戦と同じくサヨナラ負けだ。

トムは項垂《うなだ》れた。トムだけでなく皆が項垂れるしかなかった。九回までの試合、トムは強豪相手に堂々としたピッチングだった。いいところまで行って、最後は力尽きた感じだった。

試合が終わると、円陣の中で「勝ちきれなかったなぁ。悔しいが、これが現実だ。春の大会も近い。もうあと一歩だ。一球、一球に集中して大会を意識して取り組もう」とビリーは言った。そして、試合後のランニングについて、「今日は、さんしゅう」と言ったのか、「今日は、さんじゅう」と言ったのか、トムに三本の指を立てて指示した。

トムは、「九回まで戦って疲労もあるから『三周』と言ったのか、それとも、最後に押し出しのフォアボールを与えてサヨナラ負けをした罰として『三十（周）』と言ったのか、よく聞き取れなかった」と僕に言った。

何とも惨めな負け方だったので、「甘く考えるのはどうかなぁ……。でも、三周と言ったと思う」と僕は言った。

「それじゃあ三十周走るか」とトムは言って、ランニングを始めた。三十周と聞こえた者もいれば、全く聞こえなかった人もいただろう。特に、後ろの方にいた下級生たちには何も聞こえていない。

走っている途中で、前から後ろに「三十周走るらしい」ということが、伝わっていったようだ。僕らは、毎日の練習の始まりと終わりに十周ずつ走っていたが、続けて三十周を走ったことはなかった。黙々と約三十人の部員は走り続けた。誰一人脱落することなく、グラウンドを三十周走り切った。

非常に悔しい負け方をしたのに、その日、帰る頃にはそんな負け方をしたことを忘れていた。三十周を走り切ったことの疲労感がそれを上回っていたのだ。

しかし、翌日にはその悔しい負けが僕の頭には浮かび上がり、どうすれば良かったか、どうすれば勝つ可能性があったか、自分なりに考えた。僕が思いついた結論は、「チャンスでしっかりと得点すること。そこで回ってきたバッターはタイムリーヒットを打つこと」ということだった。ここ、という場面での個々人の集中力が大事だと一人考えていた。

その翌日の練習後の帰り道、トムは「オレたちは良い試合をしながら、何故勝てない？　何故負ける？」と言っていた。

「トムは真面目だな」と僕は言った。

「真面目って、皆が真面目じゃないか！　ジョニーだって、大真面目だ」トムは大きな声で言う。

「あまり、何故勝てないとか考えても、僕にはわからない。試合ごとに違う」

「そりゃそうだけど、オレたちは、勝つためにやっているのだから、何故、負けるか？

と考えて何が悪い？」

「いや、悪いとは言っていない。ただ、トムは真面目だ、と言っただけだよ」僕はそう言って笑った。

「練習は誰にも負けないぐらいやっている。ただ、打つ練習は充分にはできないのは仕方ない。高校生とグラウンドを交代交代で使わないといけないし……」とジョー。

「そうだ。練習は、前の先輩たちよりも多くやっている。しかも、オレが思うに、一年、二年、先輩の代よりも、オレたちの方が良いメンバーが揃っていると思う。しかし先輩たちと似たような結果しか出せていない。何故だ？」トムは熱く語る。

「試合では運が悪いこともあった……」ポロッと僕が発言。

「だから、運が悪いで済ませてしまえば、その次に繋がらないだろ。オマエはキャッチャーで副将なのだから、もっと前向きな意見を出してくれ！」僕はトムに叱られてしまった。

　僕は決して後ろ向きの気持ちでいたわけではない。気持ちも充分に盛り上がっていた。だが、僕の一言、一言がトムには前向きではないと思われたのだろう。

「今更、練習云々というより、やはり、試合に勝つためには、その試合の大事な場面での集中力じゃないかなぁ。『この場面は絶対に抑える』、『このチャンスでは絶対に打つ』といった集中力の高い方が勝つのではないかなと思う」僕は言った。

「そうだなぁ。それはもっともだ。ジョニーの言う通りだと思う。練習の時にもそういう気持ちで一人一人が取り組むことも大事かもね」とジョン。

「オレも同感だなぁ。あともう一つ言えば、やはり球際の強さじゃないかと思う。打つ方では、あっさりと三振しないで何とかファールで逃げる。守る方では、グローブに当てたら必ず捕球するという強い意識を持つ、とか」ジョーが言った。

「そうだなあ。この一球、ここでの一球、というのが大事だということか」とトム。

一応、その日の話し合いもこんな感じで収束した。

第２編

青春時代

4回表　全治一ヶ月

野球部の練習の中で、僕は地味だけどキャッチボールが好きだった。キャッチボールでは、ボールを相手の胸の辺り、右投げの人が相手の場合は相手の左胸辺りにボールを投げる。相手が取り易いところへ投げるのが基本だ。相手も同じようにボールを投げ返してくれる。肩を回し、足腰を使い、肘や手首、また指先をうまく使って、回転の効いた、良い球を投げる。黙々とそれを繰り返すわけだが、それは相手とのコミュニケーションなのだ。無言のコミュニケーション。キャッチボールはまさに野球の基本だ。トムと毎日、キャッチボールをするのは最高の時間だ。

高校生のランニングしている姿を目にする。足はきっちりと揃っている。僕ら中学生よりももっと規律正しくやっている。長くやっているから、毎日のことに慣れている。その声掛けや足の揃ったランニングの姿は、少し軍隊的だけどカッコよく見えた。

中学野球部に入った当初、僕は野球部の姿に憧れ、カッコいいと思っていた。しかし、だんだんと軍隊的な風習、活動に疑問を感じ出していた。

野球を愛して、挫折もあった十代……。野球では思いっきりバットを振ることに幸せを感じ、仲間たちの大切さ、素直で謙虚な気持ちを持つことの大切さを感じ、学ぶ。将来への夢と希望を持ちながらも、「このままでいいのか」と不安な気持ちになることもある。繊細な時期だった。

一日の授業が三時に終わると、そのあとは野球部の練習。仲間たちと野球に集中する。しかし、それ以外の時間、授業中も含めて、時々、目の前のことに集中していないことが多くなった。授業中も教師の話などどうでもよく、読んでいる小説のことや将来のことや、とにかく、別のことをよく考えていた。その頃は、既に天文学者になる夢は消えてしまっていたが、宇宙の神秘に関心がなくなったわけではない。

授業はどうでもよかったが、野球には真剣だった。

野球部の練習が終わり、皆と歩き帰る道、春の大会も近づいていて、皆、気合いが入っている。

トムが「今度の大会は負けられない。しっかりやろう。気持ち熱く、頑張るぞ」と言う。

「まぁ、頭は冷静にいこう」とジョーがクールに発言。

「また緊張感ある中、試合をできるのは嬉しいな。今週の土曜日だな」とジョン。

「冬の間も腕立て伏せやランニングでずっと体を鍛えて、他のチームには負けられないよ」ミッキーも自信を見せる。

僕はといえば、もちろん、やる気満々なのだが、その時読んでいた小説が面白く、早く次を読みたいと思ったりしていた。しかし、週末に控えた春の大会へ向けた準備は、自分なりに怠りなくやってきた。「次こそは優勝する」という強い気持ちを心の中に秘めていた。

週末、土曜日、春の大会一回戦の日が来た。その日は昼まで普通に授業があった。授業が終わると、野球部の仲間たちと食堂で軽く昼ご飯を食べて、部室へ向かう。そこで試合用のユニフォームに着替え、いざ決戦の時だ。

「さぁ、やるぞ。とにかく、皆、自信を持ってやろう！　オレたちは、しっかりと準備をしてきた。やってきたことをそのまま出せば負けることはない。自信を持ってやるぞ！」とトムが円陣を組み、皆を鼓舞する。僕らはそれに応えた。

トムがエースで、僕はキャッチャー。彼をリードして引っ張る。バッテリーの呼吸は合っていた。試合をしていくうちに、何試合も重ねていくうちに、どんどん良くなった。何かちょっと不具合があっても、少し会話すればわかり合い、修正していけた。

トムの投げるストレートのスピードは抜群、カーブの曲がりも一段と良くなり、スライダーも投げるようになった。また、コントロールの良さもどんどん進化していた。

僕らは皆、試合に集中する。ジョン、ジョー、そして僕と、効果的なタイムリーヒットを打ち、守ってはトムが好投。僕らは快勝した。記念となる大会初勝利となった。

「やった！　やった！」試合終了の直後、ミッキーは大喜びだ。レジーやロバートも大会での初勝利に興奮気味で抱き合って喜んだ。

僕は、意外と冷静に「トム、ナイスピッチング。今日の勝因はトムの好投だ」とトムに声を掛けた。

「おお、サンキュー」トムが応えた。

ビリーもさすがに満足した表情を見せて、「さぁ、皆集まれ。これで終わりじゃないぞ。次の試合が大事だ。次もしっかりやっていこう！」と、試合後のミーティングで話した。

　やっと大会で勝てて僕はホッとした。目標は、あくまでも優勝なので、これで満足するわけもないが、一勝、一勝、積み上げていくしかない。

　翌週の土曜日に二回戦があった。それまでの一週間で小説を二冊読み終えた。練習後、疲れた時もあったが、朝の通勤電車と帰ってからベッドの中で、いつも小説を読んでいた。心から感動する小説もあれば、あまりそうは感じないものもある。いずれにしても、本を一冊読み終えると、何だか、昨日の自分より少し大人になったように感じていた。

　僕らは今まで通りしっかり練習し、大会二回戦に向けた準備を行う。土曜日が来て大会二回戦に臨んだ。僕は、結構、落ち着いていた。今のトムの調子であればそんなに点数は取られない。先取点を取り試合を優位に進めること、それだけを考え、願っていた。

　僕らは後攻で、一回表をトムは三者凡退で抑えた。その裏の攻撃前の円陣で、僕は「とにかく先取点だ！　何としても先に点を取って優位に立とう！」と檄を飛ばす。

　この檄が効いたのかどうか、それはわからないが、初回の裏の攻撃でジョーとジョンがタイムリーヒットを打ち、僕らは二点を先に取る。そのあともトムのピッチングは安定し、僕らは二回戦も勝ちを収めた。

翌週、三回戦の相手は秋の大会で準優勝したところだ。あと二回勝てば優勝という状況。「あと二つ、何とか勝って、都大会に行こう！」トムが威勢よく言う。

「今のトムの調子とバッティングが噛み合えば勝てる可能性は充分にある。気を引き締めてやるのみだな」ジョンも気合いが入っている。

当然、僕もやる気満々。今度はどの本を読もうか、という気持ちもあるが、野球をやる時は集中して取り組んでいた。

次の週の週末が来て、いよいよ地区大会の準決勝だ。例によってトムが先発のマウンドに立ち、メンバーも前週、前々週と同じだった。勝ち進んでいる時、敢えてメンバーを入れ替えることもない。

その試合の日、初夏のよく晴れた日、トムの十五歳の誕生日の日だった。太陽が少し眩《まぶ》しく、澄んだ青空。

僕らは、幸先良く一点を取り回は中盤になる。エラー、ヒット、フォアボールで、ワンアウト満塁のピンチを招く。「何とかゼロ点で切り抜けたい」皆が思っていた。

内野ゴロを打たせたいとの考えからインコース寄りに変化球を僕は要求、トムはその通りに投げる。バッターは打ち損なってサードゴロに。誰もがホームゲッツーでチェンジかと思っただろう。サードのジョンがボールを捕球し、キャッチャーの僕へストライク送球。ところが、僕は、この大事な場面でボールを捕り損ねて後ろに逸《そ》らしてしまった。

一人がホームイン。そして、二塁にいたランナーも猛然とホームへ向かって来た。僕は急いでボールを拾い、二塁から来たランナーに頭から滑ってタッチに行った。ランナーは足から滑り込んで来た。タイミングはアウトだったかもしれない。しかしランナーの足が僕の左腕を直撃して、僕は負傷。体の全てが痛くて、どこが痛いのか、どこを怪我したのか、わからなかった。ボールはミットからこぼれて、二人目のランナーもホームインした。一対二と逆転されてしまった。

僕はそのままうずくまり、救急車が呼ばれて病院へ搬送された。左腕を骨折していた。

「全治一ヶ月は掛かるでしょう」と医師に言われた。

あの眩《まぶ》しいばかりの太陽と綺麗な青空が広がっていた日曜日の午後が一転し、目の前は怪我の痛さとしばらくは皆と野球をできない悲しさで真っ暗になった。

病院には、救急車に一緒に乗ってミッキーが付き添ってくれていた。その後、試合も終わってビリーとトムが病院に来てくれた。試合は、僕が退いたあと、相手にもう二点を追加されて一対四で負けてしまったそうだ。

自分のせいで負けてしまった申し訳なさや悔しさなどを感じている余裕もなく、僕はただただ怪我の痛みを感じるのみであった。付き添ってくれたミッキー、そして試合後に駆けつけてくれたビリーとトムにお礼を言った。三人は、僕の家まで送ってくれた。

週明け、僕は家に近い病院に行き、再度診察してもらうなどして、学校を何日か休んだ。少しずつ痛みも引き、少し冷静さも取り戻すと、こんな形で春の大会を終えてしまって皆には申し訳ないとの気持ちが出てきた。そして、何とか夏の大会までには怪我を治して、もう一度チャレンジしたいと思うのみだった。

ギブスをしながら、僕は学校に復帰した。もちろん、しばらくは野球部の練習には出られない。ただ、仲間たちと話したいと、休んでいた間もずっと思っていた。

学校に復帰した日の放課後、野球部の練習前に皆と顔を合わせる。僕は、「本当に迷惑をかけてしまって、申し訳なかった。ごめん」と謝罪した。

「何を言う。ジョニーが謝ることなんて何もない。オレたちこそジョニーに大怪我を負わせてしまって、謝らないといけない」とトムが言ってくれた。

「そうだよ。オマエは何も悪くない。負けたのもオレたちのせいだ。早く治してくれ」とジョン。

「今は、ちゃんと練習は休んでなるべく早く治してもらって、夏の大会でまた頑張ろう」とジョーが言ってくれた。

僕は「ありがとう」と一言だけ言って、皆と別れた。一人で駅まで行き、電車に乗り家に帰った。

帰ると姉がいて、僕はコーヒーを飲みながら姉と話した。「怪我してしまって、皆に迷惑をかけてしまったよ。自分のミスで怪我してしまったからね」

「仕方ないわ。誰だってミスはするでしょう。それより、痛みは大丈夫？」

「ああ、だいぶ痛みは引いた。ただ、まだ骨がくっつくまでには時間が掛かるだろうから、注意しないと」

「そうね。でも、あんなに一生懸命に野球やっていたから、少し休みをもらえて良かったと思えばいいわ」

「そうだね。また姉貴に本を借りて読むよ。最近、姉貴に借りて読んだ小説、面白くて大会の前も読んでいたよ」

「そう。小説に夢中になって、野球の方が疎《おろそ》かになったかな？」

「そうなのかなぁ？　野球をやっている時は、プレーに集中していたとは思うけど……」

「そうだといいけど。私のせいで怪我してしまったのでは、私も責任感じちゃう」

「ただ、姉貴から本を借りて読んでいるおかげで、野球以外の世界も広がって、それは良かった」

「今、ジョニーは青春真っただ中だからね！　色々と思うこと、考えることもあるでしょう。お友達も、皆、悩んだりしているわ」

「そうだろうね。皆、頭の良いヤツらだから、僕なんかよりもよっぽど考えているだろう。トムとジョンが話している時なんか、時々、何を言っているのかわからない時もあるよ」

「そうなの？　でも、ジョニーは、良いお友達がたくさんいて幸せよ。この時期に、これだけ苦楽を共にしたら、一生の友達になるわ」

「まぁ、先のことはわからないけどね。とにかく、まだ、僕ら中学野球部での活動は終わっていないし、そのあとは、いよいよ高校野球部で甲子園を目指さないと」

「そうね」

姉は優しかった。僕の気持ちが変に昂《たかぶ》っていたりするといつも姉はなだめてくれたし、沈んでいるような時は励ましてくれた。

野球部の練習には、約一ヶ月参加できなかった。その間は、前ほど仲間たちとは会話もできず、一人で本を読んだり考えたりする時間が多くなった。メジャーリーグの本も何冊か読み、アメリカ野球への憧れもどんどん強くなった。

ギブスはまだ外せなかったが、骨はくっついてきたので、「注意しながらであれば運動をしてもよい」と医者に言われる。そして、恐る恐るではあるが、練習を再開。夏の大会まではあと三週間ほどに迫っていた。

中学三年の一学期も期末テストの時期が来た。このテストが終われば夏の大会だ。僕は万全ではないが、何とか野球のプレーをできるまでになった。

トムとのキャッチボールも始め、投球も受けた。変な捕り方をすると、怪我したところが少し痛いことはあったが、キャッチャーをやることができるまでに回復した。

一方、打つ方はといえば、怪我した左腕をどうしても庇《かば》ってしまい、前のようにスムーズにスイングすることができず、力強い打球を飛ばすことは難しかった。

4回裏　勝利の喜び、敗北の涙

中学三年一学期の期末テストも終わり、いよいよ夏の大会一回戦の日が来た。ちなみにこの大会で一度敗れてしまえば、それで僕らの中学野球部の活動は終わりとなる。

一回戦、僕はビリーの判断で先発メンバーから外れた。「守りならできるのに」と思ったが、直近の練習における僕の姿を見て判断したようだ。後輩がキャッチャーのポジションを務めた。

だが、その試合、何とも雲行きが怪しい。一点を相手チームに先に取られ、一点のビハインドで僕らの攻撃はあと二回しかない。その回の先頭でジョーがヒットで出て、ノーアウト一塁で打席にはジョン。ジョンはワンボール後の二球目をフルスイング。打球は大きな放物線を描きレフト方向へ。起死回生のレフトフェンス越えの逆転ホームランになった。皆が、手荒い祝福でジョンを迎えた。

その裏から、僕はキャッチャーのポジションに入る。その後、トムは相手打線を封じ、一回戦、見事な逆転勝利を収めた。

翌週の二回戦から、僕は先発キャッチャーとしてマスクをかぶった。この試合、トムは見事なピッチングでヒットを一本も許さず、フォアボールのランナーを二人だけ許したのみで、ノーヒットノーランを達成した。

「大会でノーヒットノーランとは……、オマエ、すご過ぎる！」ジョーはそう言うと、トムの頭を撫でた。

「おお、やったぞ！　皆がしっかり守ってくれたおかげだ。皆、ありがとう！」トムは皆に取り囲まれて、最高の笑顔を見せた。

「トム、ナイスピッチング！　あと二試合、絶対に勝って優勝しよう」僕は言った。

「ああ、気を引き締めて、あと二試合に勝ち、絶対に都大会に出るぞぉー！」トムは雄叫びを上げた。

次の三回戦、準決勝もトムの快調なピッチングは続き、またジョーは三安打、三打点の大活躍。地区大会の決勝進出が決まる。

ジョーの大活躍で勝った試合後、僕はジョーを称えた。「さすがの活躍、ありがとう」と。

ジョーは「春の大会、三回戦、忘れもしない。オレもチャンスで打てず、僅差だった。それでジョニーが体を張ったプレーをして、結果、大怪我をしてしまって……。そうならないように、今日は、絶対に打ってやろうと思っていたよ」と言う。ジョーは、チームメイト思いの優しいナイスガイだ。「次はいよいよ決勝だ。絶対に勝って都大会へ行こう！」とジョー。

「そうだね、決勝は、秋の大会の一回戦で負けた相手。あの試合も惜しかったが、勝てない相手じゃない」僕は応じた。

今回の夏の大会、一回戦こそジョンの逆転ホームランで際どい勝ち方であったが、その後は、皆、エンジン全開で自信を持った良いプレーができている。この調子で地区大会優勝を勝ち取りたいと、皆、思っていた。

準決勝から三日後の火曜日、決勝戦の日が来た。「やっとここまで来た。あとは、それぞれが、それぞれの力を出すのみだ。いつもと同じように、落ち着いてやれば絶対に勝てる。気持ちを入れて、必ず勝とう！」ビリーが円陣で声を掛ける。

「今日も気合い全開だ！　一球に集中して、絶対に勝つ。皆で楽しもう！」トムが皆を鼓舞した。

試合が始まり、僕らは初回の攻撃でジョーのヒットなどでワンアウト一塁二塁のチャンスを作ると、ジョンが右中間へツーベースヒットを打ち、いきなり二点を先取。その後、僕も左中間にツーベースヒットを打って三点目を取った。怪我したところも、この時は気にならず無心で打てた。

三点のリードは大きかった。トムも時々ヒットは打たれてランナーは出すものの、連打を許さずゼロ点で回を進める。五回の攻撃の前の円陣で、「あと一点、追加点を取ろう！　あと一点に拘《こだわ》ろう！」ビリーが言う。

するとこの回の先頭バッター、ミッキーがデッドボールで塁に出ると、ビリーは盗塁のサインを出した。ミッキーは次のバッターの初球に果敢にスタート。相手キャッチャーは焦ったのかボールが手につかずに送球できないで、盗塁は成功した。このチャンスにジョーに打順が回る。ジョーは、見事なライト前ヒットを放ち追加点をあげた。この一点で守っていても少し楽になった。

七回表、相手最終回の攻撃を四対ゼロの状況で迎える。この回を三点以内で抑えれば、僕らの勝ち。念願の地区大会優勝となる。

「一球、一球に気持ちを入れて、落ち着いていこう」僕はトムに声を掛けた。

トムは「うん」と頷《うなず》く。

先頭のバッターが右打席に立つ。初球、僕は外角低めのストレートを要求。トムの投じた球はやや高めに浮いたが、相手はその球を打ちにきて、ファーストフライとなる。スティーブがこれをガッチリとキャッチ。ワンアウト。

次のバッターも右打ち。僕はまた、初球に外角低めのストレートのサインを出す。トムは頷《うなず》き、僕がミットを構えたところに投球し、ワンストライクを取る。二球目、内角高めにストレートを要求。その球をバッターは振り、詰まった当たりのサードゴロに。ジョンが落ち着いて処理してツーアウト。

あとワンアウト、あと一つアウトを取れば優勝だ。僕の心臓はバクバクしていた。

「ツーアウト！　しまっていこう！」と内外野のメンバーに大きな声を掛けた。声を出したことで、僕は少し落ち着いた。

この回、三人目も右バッターだった。初球、僕は内角低めのストレートを要求し、トムはそこに投げ込み、しっかりとストライクを取る。二球目、外角低めにストレートを要求。相手はバットを振ってきたが、ファールとなりツーストライクと追い込む。「あと一つのストライクだ。ボール気味にスライダーを続ければ打ち取れる」僕は心の中で一人、呟《つぶや》く。そして、スライダーを要求し、外角にキャッチャーミットを構えた。

トムは、僕が頭に描いた通りに抜群のスライダーを投じた。バッターは振りにきたが、バットは空を切り、三振に打ち取った。

「ヨッシャー！」僕は雄叫びを上げてトムのもとに駆け寄り、トムを抱き上げて喜びを爆発させた。

「ウォーッ！」ミッキーが叫んだ。

「優勝だ！　信じられない！」とジョー。

「やったぞー！」ジョンが言った。

優勝が決まった瞬間、僕の頭は真っ白になった。今まで、グローブを買ってもらった時や中学受験に合格した時など喜びと興奮に包まれる瞬間は何度か経験していたが、チームで仲間と共に手に入れた勝利は他のものと比べものにならない。僕は、生きてきた中でこれほどまでに興奮した出来事は初めてだった。この日は一日高揚感が収まらなかった。

「オマエたち！　よくやったな！　おめでとう！」ビリーのここまで嬉しそうな表情を見たのも初めてだ。その笑顔が僕たちを更に興奮させた。

トムが「やっとここまで来た。皆、ありがとう！　次は都大会だ。次もオレたちの野球をやって、都の頂点に立つべく頑張ろう！」と力強く言う。その後、グラウンド整備をして、皆、グラウンドをあとにした。

僕は家に帰ると、家族に優勝したことを報告した。

この日は父親も比較的早く帰って来て、家族五人で食卓を囲んだ。「ジョニー、優勝おめでとう！」と母が言って、父と母はビール、姉と兄、そして僕は麦茶で乾杯した。

「良かったわね、ジョニー！　怪我したあと、よく頑張ったわ」姉が言った。

「ありがとう。姉貴が色々と話も聞いてくれた。あれで気持ちも落ち着いた」と僕。

「優勝はめでたい。中学野球部の地区大会優勝は結構久しぶりじゃないのか？」と兄。

「うん、ビリーたちが優勝して以来だから、六年振りだよ」

「野球で一番、学業でも一番になってくれな」父親は、できもしないことを要求してくる。僕は苦笑いするしかない。

「でも、本当に良いお友達と一緒に良い結果が出せて良かった。怪我した時は、どうなっちゃうかと思ったわよ」母も喜び、そして心配していたのだろう。

「次は都大会か、その見通しはどうなの？」兄が聞いてきた。

「それは全くわからない。すごく強い学校もあるだろうし、もちろん、僕らレベルのところもあると思う。相手もまだわからないし、出たとこ勝負だね」と僕。

「まぁ、ここまで来たから、あとは思いっきりやればいいわ」と母。久しぶりに家族全員が揃った一家団欒の良い夕飯だった。

八月の半ば、都大会が始まる。僕らは、初日の第二試合に試合をすることになっていた。試合をするグラウンドには初めて行き、相手も初めてやる学校だ。

いつものようにランニング、キャッチボール、トスバッティングなどの準備をし、両チーム順々にシートノックを行った。

「とにかく、いつも通り、変に緊張し過ぎないように。オマエらの力を出せば大丈夫だ。よし、行こう！」ビリーが皆を鼓舞した。

相手チームの選手は、体つきが良く、身長も横幅も僕らより一回り大きな感じだ。

「コイツら、本当に中学生かよ？　ちょっとデカ過ぎないか？」ミッキーが驚きのまなこで言う。

「何を言っている！　見た目で勝ち負けが決まるわけじゃない。落ち着いて勝負だ！」トムは冷静。

僕らは後攻だった。トムがマウンドに立ち、僕はキャッチャーとしてトムの球を受ける。「いつもと調子は変わらない。大丈夫だ」僕は思った。

「プレーボール！」球審の声で試合が始まる。トムが投じた一球目、バッターは、ものの見事にレフトオーバーのヒット。後続の打者たちにも、トムはめった打ちにあった。

五回の裏、先頭バッターとして僕は打席に立った。中学野球部生活、最後の打席になると思った。いつもと変わらず、「絶対にヒットを打ってやる」と思っていた。ワンボール、ツーストライクからの四球目、外角低めのバットがとても届きそうにないところに相手ピッチャーは投げてきた。僕は、当然、ボールだと思って見逃したが、「ストライク！」との球審の声が響いた。

審判が「ストライク」と言えば、それはストライクだ。

「嘘だろ……」と思ったが、もう仕方なかった。そのあとの二人の打者も凡退し、試合は終わった。

五回コールドで僕らは一対十で敗れた。ジョンの意地のタイムリーで一点を奪ったが、完敗だった。

試合が終わり、両チーム挨拶をして、円陣でビリーから「ご苦労さん。こんな試合になって申し訳ない。オレの力が足りなかった。オマエらにはまだ未来がある。この悔しさをバネに頑張れ！」と声を掛けられた。その瞬間、僕の目から涙が溢れ出てきた。トムもジョンもジョーもミッキーも、そして他の仲間たちも泣き出した。僕は、この何年も泣くなんてことはなかった。でも、この時は不思議なほどたくさんの涙が出て止まらなかった。

中学野球部の仲間として皆で野球をやれるのはこれが最後だと思うと、自然と涙が出てきた。まさか自分が泣くとは思わなかった。

しばらくすると、ジョン・レノンの『イマジン』が僕の頭に流れた。「もう、争うこともない。試合に勝たなくてもいい」そんなふうに思って、少し気が楽になり、漸《ようや》く涙も止まった。

中学生にして、僕は「勝たなくてはいけない」というプレッシャーに疲れていた。野球は面白い。一球の重みも思い知った。ギリギリのところで守りきって勝つ経験もした。逆もあった。自分のミスで負けた試合もあった。自分が活躍して勝てた試合もあった。

でも、この時は野球のことをもう考えたくないと思った。何よりも『イマジン』が心に優しく響いていた。

5回表　モラトリアム

夏、都大会に負けて中学野球部の活動は終わった。数日休み、高校野球部の練習に僕らは合流する。再び下積み生活の始まりだった。

練習後トムは「数日前まであんなに前向きに、明るく、夢を追いかけてやっていたのに、何だか、またすごく暗い闇の中に落とされた気分だな」ボソッと言った。まさにそんな感じだった。

「トムの言う通りだ。一体、どこまで行ったら前向きな気持ちでできるのだろうな……」ジョーが発言。

「前は一年とちょっとだったが、今度は丸々二年間かな。うーん、長い！」とトム。トムが前向きではない発言をすることは極めて珍しいことだったが、トムもまだ十五歳の少年、嫌なことは嫌だと言って何の不思議もない。

僕も感じていることは同じで、また怪我の後遺症というか、まだ腕を思いっきり動かせないもどかしさもあり、非常に憂鬱な思いで毎日を過ごしていた。

夏休み、『アンネの日記』を読み、読書感想文を提出するべく宿題が出ていた。

その頃、僕は姉の本を借りるなどして本を読むのが好きになっていた。しかし、先生が勝手に本を指定して読書感想文を書かせるなどという夏休みの宿題は嫌いだった。

とは言っても宿題を無視するわけにもいかず、渋々『アンネの日記』を読み出した。読み出したら止まらず、どんどん読んだ。読み易く、また、興味深く、緊張感があり、ずんずんと引き込まれていった。ものすごく感動した。第二次世界大戦の戦禍、隠れ家で前向きに明るく生きる少女に心を揺さぶられた。

彼女がその日記を書いていた頃と僕らの年齢はほぼ重なる。

「なぁ、トム、『アンネの日記』読んだか？」僕は尋ねた。

「ああ、読んだよ。あんな衝撃を受けた本は今まであまりなかった」とトム。

「そうか。オレもそうだよ。読み出したら止まらず、いっきに読んでしまった」一緒にいたジョンもそう言った。

夏の大会が終了し、僕らは渋々夏休みの宿題に手をつけたが、今回の学校推薦の本、『アンネの日記』は皆に好評だった。野球で経験できた感動とはまた違う感動を一冊の本からいただいた。

野球では相手と争う。一点でも相手より多く点を取ろうとして、試合に勝とうとする。ランナーを刺す、殺す、憤死、相手を倒す、デッドボール、何々キラー……、考えてみれば結構残酷な言葉を使っている。刺されないように、殺されないように、家、ホームまで無事に帰る回数を競うゲームだ。

僕らは、野球をやっているだけで、決して戦争をするわけじゃない。なのに、この時期、あんなに好きだった野球が、何か少し残酷なもののように感じることもあった。

ジョン・レノンの『イマジン』を僕は中学生の時に初めて聴き、歌詞の意味を自分で理解しようとした。平和を求めるジョン・レノンに憧れていた。そして、中学の最後の試合に負けて、泣き、しばらくして『イマジン』の曲が頭に流れ、僕は落ち着いた。この頃、洋楽に興味を持つようになっていた。邦楽も含めて、友達も皆、音楽を聴くのが好きだった。

夏休みも終わり授業が始まる。この時期は、なかなか辛いものがあった。色々と考え出すと、だんだんと世の中というか、周りの環境とか生活とか、何だか鬱陶《うっとう》しく面倒なものに感じてくる。周りが嫌で、一人の時間をもっと過ごしたいと思ってくる。

何をするでもなし、何をできるわけでもないのに、一人の時間を欲しくなる。周りの人と一緒にいても無駄だと考えるようになる。孤独を好み、厭世的《えんせいてき》になっていく……。それが思春期なのか、青春時代なのか……。

いくら純粋に野球部で野球に打ち込んでも、思春期になると、普通の人たちと同じようにこんな感情も出てくる。野球部の人間も野球部以外の人間と同じように、若者としての悩みや生きづらさみたいなものを感じるようになる。僕らも、一人の若者として成長過程にあったのだ。

時々、「野球部のオマエらは悩みとかあるのか？」と、からかわれることもあった。できれば悩みなどない方がいい、と思いながらも、他の人たち以上に僕ら仲間は繊細で、真剣に悩んでいたのかもしれない。

繊細で、純粋で、芯があり、自分の考えを持ち、真っ直ぐで、でも、精神的にはまだそんなに強くもない。そんな人間ばかりだった。野球部の仲間たちは。

中学三年の二学期、授業が終われば高校生との練習に出ることになる。何とも言えない悶々とした毎日を送っていた。

ちょっと前までは自分たちのチームで中心としてやってきた僕ら。高校野球部になれば、また一番の下級生から始まる。上級生がまた出現し、監督もビリーから変わり、その環境の変化は大きかった。日々の退屈な授業に加えて、野球部の活動までもが憂鬱なものになっていき、果たしてやっていけるのか。

そんな冴えない毎日を過ごしていた十五歳の秋、スパーキー・アンダーソン率いる、シンシナティ・レッズが、日米野球で来日することになった。夢のスター軍団がやって来る。

ピート・ローズ、ジョニー・ベンチ、ジョー・モーガン、ジョージ・フォスター、デーブ・コンセプシオン……。そして、エース、トム・シーバー。

メジャーリーグには中学生になってから興味を持つようになり、猛烈に憧れた。カラー写真入りの本が出版されればそれを買い、読み、写真に見入り、その素晴らしい世界に魅了された。

そんなある日、トムが「シンシナティ・レッズが後楽園球場で巨人と行う試合のチケットが二枚手に入ったから、一緒に行こう」と誘ってくれた。もう、夢のまた夢が叶う瞬間だった。

ホームラン王のジョージ・フォスターがレフトにすごく速い打球を飛ばした。とにかく、シンシナティ・レッズの方が断然強く、巨人に圧勝した。

試合後、後楽園球場を出ると、シンシナティ・レッズの選手をホテルに送るバスが停車していて、その窓際にジョニー・ベンチが座っていた。ジョニー・ベンチはこちらファンの方を見ていて、僕は彼と目が合った。その瞬間、嬉しかった。たまたま、偶然だったが、憧れのメジャーでも歴史に残る名捕手と目が合い、中学生の僕は幸せを感じた。

「おい、トム！　ジョニー・ベンチがバスの窓越しに座っていたなぁ」

「ああ。オレも見たよ」

「おい、トム、僕はジョニー・ベンチと目が合ったよ！」

「ん？　何それ？」

「いや、だから、彼がこっちを向いた時、彼と目が合ったんだ」

「本当かよ？」

「本当だ。彼も、僕の目に何か感じたかなぁ？」

「何言っている。オマエ……」

「まぁな。でも、憧れのジョニー・ベンチと目が合った。それは一生の思い出だよ。トム、今日、ここに来られたのもトムのおかげだ。ありがとう」

「ああ。まぁ、ジョニーが喜んでくれて良かった」

「シンシナティ・レッズを生で見られるなんて最高だよ。しかも、ジョニー・ベンチをこんな間近で……。ピート・ローズもトム・シーバーもジョージ・フォスターも最高だった！」

「まぁな。オレらも頑張らないと！」とトムは言った。

僕は、まさに、夢心地だった。憧れの大スターが、目の前にいる……、しかも、異国、アメリカの大スターだ。

家に帰り、僕は姉と兄に本場メジャーの選手を目の当たりにした感動を話した。

「ジョニー、オマエ、あのチームを生で見られるなんて、本当に運が良い。羨《うらや》ましいよ」と兄は言った。

姉は、「ジョニー、良かったね。ジョニーが野球のことで興奮する姿、久しぶりに見たわ」と言って笑った。

こんなに素晴らしい経験をしたものの、野球部への情熱は冷めたままで身が入らない。まだ左腕を骨折した後遺症があり、以前のように思い切ったプレーができなかった。高校生と練習をするようになって、僕とトム、ジョン、ジョー、ミッキーの五人のみが残り、他の仲間たちは野球部を退部した。

僕らは、ほんの二ヶ月か三ヶ月前に持っていた野球への情熱を完全に失っていた。自分たちのペースとは違う先輩らと練習するのが、苦痛で、理不尽に思えた。そんな苦痛や理不尽さに、僕らは辟易《へきえき》としていた。

話すことも、そんな不満を言い合うことが多くなり、前向きな話をすることが少なくなってしまった。僕らの仲間は、皆、感受性が強かったのか……。これは、高校野球部の先輩たちや部長先生のせいでも何でもなく、ただ僕らのわがままに過ぎないものだった。

僕は、一人、悶々と考えた。このまま、野球部を続ける意味って？　自分は野球部を続けないといけないのか？　自分は何をしたいのか？

ある日、家に帰ると、姉から「ジョニー、中学野球部の都大会が終わって、シンシナティ・レッズの試合を観に行った時以外はずっと元気ないわね」と言われた。

「そう？　まぁ、高校野球部の練習が面白くないからかな……」

「そんなにつまらないの？　だって、今度は甲子園を目指すのでしょ？　夢があるじゃないの」

「いや、そんな雰囲気もないし、僕らの時代が来るのは、まだ二年後だからね」

「モラトリアムなのかな……」

「何、それ？」

「私もまだモラトリアム……。ジョニーも、もうそういう歳よね。簡単に言うと、大人になるまでの過程。アイデンティティの確立に向けて迷っているところよ」

「そうかもしれない。ただ、こんな感じで野球部にいるのが辛いよ」

「お友達はどうなの？　皆、同じ感じなのかしら？」

「多分、似たり寄ったりだよ。ただ、皆の心の中まではわからない」

「よく、考えるのね。どうすればいいか。ジョニーの人生だから」

「まあね。でも、考えれば考えるほど、深み、深みにハマって行くようで、野球部を続けるということから遠ざかるような気がする」

「それはしょうがないわ。最後は自分の気持ちに正直に動けばいいと思う。まだ、今、結論を出すこともないし、お友達と話すのも良い。色々と悩むのは仕方ない。何も悩まないで、考えないで大人になるよりよっぽど良い。そう思えばいいわ」

「そうだね。ありがとう、姉貴」

姉と話して、少し心が晴れた。悩むのは悪いことじゃない。そう言ってもらえたことで、少し気持ちも楽になった。

次の日、野球部の練習が終わった帰り道、「何か、こんな毎日の練習、嫌々やっているような毎日、本当に続けるべきかどうか、悩むなぁ」と僕はトムやジョンに言った。

「ジョニー、オマエもそう感じているのか。オレもそう思っていた」ジョンが言った。

「オイオイ、待てよ。オマエらやめるわけじゃないよなぁ?」トムが聞いてきた。

「やめるのは難しいのかなぁと思うけど、続ける意味がわからない。そんな感じだ」と僕は答えた。

「オレは、続けなくちゃいけないとは思わなくなってきた。前は、続けるのが当たり前、続けなくちゃいけないと思っていたが、それは違うのかと思うようになった」ジョンは言った。

「ジョー、オマエはどうだ？」ジョーがトムに振られた。

「オレもジョンやジョニーのような心境ではあるよ。中学の野球部時代が終わって、まるで状況は変わった感じ。モチベーションが上がらないね」とジョー。

「僕も、中学野球部でやっていた時と比べて辛いよ。何故だろう？」ミッキーも元気なく言った。

「皆、モラトリアムなのだね」と僕は言った。

「そうだな……、まさにモラトリアムだ。どうしたらいいか悩むばかりだ」とジョン。

ジョンは、モラトリアムの意味を知っていた。

「何だ、モラトリアムって？」ミッキーがきょとんとして質問した。

「要は、自分自身がどうなっているのかわからないで、悩んでいる状態。大人になる過程なのかな……」とジョンが答えた。

「そうか。色々と悩むよね。もちろん、野球部にいない人たちも悩んでいるのだろうけど、野球部にいると余計に悩まないといけないみたいだ」とミッキー。

「ミッキーの言う通りかもしれない」とトム。トムも結構苦しい思いをしている感じだ。

こんな調子で中学三年の二学期も終わろうとしていた。そんな時、トムが「どうだ、この冬休みもウチに集まるか？」と聞いてきた。皆は、やや俯《うつむ》き加減。なかなか誰も言い出さない中、「今回は集まるのをやめて、家でのんびりするか」ジョンが言った。

「そうだな。僕もそれでいいと思うよ」と僕はジョンに賛同した。ジョーにもミッキーにも異論はなかった。

「しょうがない。今回はやめておこう」トムも了解した。

5回裏　苦渋の決断

冬休みの間、野球部の練習もなく、僕は家で本を読むなどしてのんびりとしていた。昼間から寝ていることも多かった。

中学の野球部の時、ビリーが監督でいた時は、練習を嫌だと思ったことはなかった。辛いとも思わなかった。しかし、中学野球部が終わり高校野球部の練習に参加するようになってから、気持ちが変わり、どうしようもなく辛くなった。

冬休みが終わり中学三年の三学期が始まった。その日、午後からは野球部の集まり、そして練習があった。しかし、その集まりにジョンが来なかった。トムは「ジョンは、風邪でもひいたのかなぁ」と言ったが、僕はジョンが退部したものと直感した。

グラウンドに高校野球部の部長先生が来て、「ジョンは今日で退部することになった。新年の活動は今日この日から、残ったメンバーでこれからも頑張っていこう」と言って、上級生たちは「ハイ」と元気よく返事をした。僕ら仲間は声が出なかった。

中学三年生も残すところあと三ヶ月ぐらいとなった一月の初め、ジョンは野球部を退部した。今までの僕らの関係であれば、僕ら野球部仲間は大事なことは何でも相談し、家族にも先生にも言えないことも何でも語り合って、理解し合っていた。しかし、ジョンは誰に相談することもなく、一人、黙って退部届を部長先生に出した。

高野野球部の練習に参加した五人それぞれが、僕ら野球部仲間それぞれの精神的な支柱だった。一人ひとりが大きな太い柱だった。その一本がなくなってしまった。最強の仲間の一人が去り、もう、野球部に残る意味はないと、僕は思った。

その日の練習が終わったあと、帰り道でトム、ジョー、ミッキーと僕は話をしていた。先輩たちは「ジョンがやめるのをオマエら知らなかったのか?」とか、「いきなり断りなくやめるとはなぁ」とか、色々言ってきたが、そんな言葉はほとんど無視した。

「ジョンがやめてしまったら、僕らが続けるモチベーションは更に下がるなぁ」と僕。

「全くだ。ジョンも一言相談してくれれば良かったが……」トムが言う。

「まぁ、しかし、相談したら却って迷惑をかけると思ったのかもしれない。ジョンは、優しいだけでなく、自分の考えでしっかり動く意思の強い人間だからなぁ」とジョー。

「でも、寂しいな。あんなにいつも話して相談してきたのに」ミッキーが言った。

「皆、これからどうする？　仲間がこれだけ抜けて、もう、やっていく自信がないなぁ」と僕は言った。

「そうだな。オレも心が折れた感じだ。ジョンがこんな形でやめてしまうとは……。でも、とりあえずはやっていくしかないだろう。残されたメンバーで」とトム。

「こんな気持ちのまま続けるのは辛いけどな。でも、まぁ、続けるしかないか」ジョーは言った。

　僕にはまだ迷いがあった。僕がやめてしまったら、トムやジョー、ミッキーの残ったメンバーには悪い、という気持ちもあった。

　僕は中学一年の時から、五人のメンバーと甲子園出場を目指したい、甲子園に出られる、との夢を描いていた。その可能性はあると僕は思っていた。

　しかし、この六月、トムの誕生日の日に左腕に大怪我をして、野球に対する自信が揺らいだのは事実。更に、夏の大会が終わり僕らを取り巻く環境が大きく変わり、どんよりと大きな黒い雲に覆われているような毎日の生活が続いていた。

ジョンが野球部をやめたことで、正直に言って僕らのチームは弱体化する。そして、五人で甲子園に出場したいという夢も叶わない。

以前、姉が「自分の気持ちに正直に……」と言ってくれたが、僕にはその言葉が神のお告げのように感じられ、今回のジョンの退部は「野球部をやめていい」との免罪符を得たような……、そんな感じがした。

今、抜け出すしかない、そうしないと悔いを残しつつズルズルといくだけだという気持ちが強かった。僕は、もう野球部を続けることはないと自分では決めていた。

家に帰り母と姉と食事をしている時、「ジョンが野球部をやめた。僕ももう限界かな。やめようと思うよ」と話した。

「そう。あなたがそう考えるなら仕方ないわね」母は言った。

姉は「ジョニーが決めたのなら、その通りにしたらいいわ」と言って、少し笑みを見せた。

その笑みの意味は？

姉は、僕の気持ちを少しでも楽に……、という思いでいたのだと思う。実際に、姉の笑みを見て僕はホッとしていた。

食事を終えると、僕は退部届をしたためた。部長先生と、中学野球部での監督、ビリーには、期待を裏切ることになり申し訳ないという気持ちがあった。

翌朝、僕はトムのところに行き、「野球を続けることから心が離れ、やめる決心をした」と話した。ここまで共に頑張ってきたトムには申し訳なく、彼に引き留められることだけ恐れていた。

「そうか。まぁ、しょうがないな。オレもそんな方向だよ」とトムは言った。「それで、いつ部長先生には言うつもりだ？」

トムにこう言われて、僕は少し安堵した。

「退部届も用意したので、もう今日の昼休みにでも話しに行こうと思う」と僕は答えた。

「ただ、その前にジョーとミッキーにも話すつもりだ」と付け加えた。

僕はジョーのところへ行った。そうしたら、そこにはジョーと共にジョンとミッキーがいた。「おお、ジョン」僕は声を掛けた。

「おお、ジョニー。黙ってやめてしまって悪かったな。今、ジョーとミッキーにも話したところだ。と言っても、話すことはそんなにあるわけではないけど」とジョン。

「実は、今、トムには話したのだけど、僕も退部する決心をした。それを、皆、それぞれに伝えようと思ったら、皆が揃っていたので手間が省けた」僕はそう話した。

「えっ！　いきなり……、ジョニーもやめてしまうのか？」ミッキーは少し驚いていた。

「今日の昼休みに部長先生に退部届を持って行こうと思う」

「そうか。まぁ、しょうがないな。それで、トムは何て言っていた？」ジョーが聞いた。

「トムも『そんな方向かな……』とは言っていた」

「なるほど」とジョー。

「で、ジョーやミッキーはどうする？」僕は尋ねた。

「ジョンもジョニーも、ましてやトムもいないのだったら、やる気は起きないなぁ」とジョー。

「うん、そうだな、僕も皆がいなくなったら続けるのは無理だよ」とミッキー。

「ミッキーには『野球部に一緒に入ろう』と、あんなに誘っておきながら、先にやめることになり悪かった。まぁ、とりあえず、そういうことで、今日の練習にはもう参加しないつもりだよ。それじゃあ、授業が始まるから行くな」と言って僕は自分のクラスの教室へ向かった。

その日の昼休み、僕は部長先生のところへ一人で行き、退部したいと気持ちを伝え、封筒に入れた退部届を差し出した。

「ジョニー、もう一度よく考えてくれないか。ウチのチームにはオマエが必要なのだ。キャッチャーとしてオマエには一年生から活躍して欲しい。だからオマエには残って欲しい」と部長先生からは言われた。

僕は、自分の気持ちを素直に、一生懸命に話した。部長先生は、僕の気持ちを充分にわかってくれた上で、尚、それでも僕が野球部に残る意味合いを部長先生の考えで話し、必死に慰留してくれた。

正直に言って、やめることにより人生の彩りが出てくる、もっと素晴らしい人生を送れる、との想いは強かった。野球部を続ける方が辛いと思った。そういう意味では、易きに流れるとの気持ちもあった。だから、余計に必死だったのかもしれない。

部長先生とは一時間以上話した。部長先生も僕も真剣だった。必死だった。「明日、もう一度話そう。そして結論を出そう」と部長先生が提案され、その日の話し合いは終わった。

翌日、昼休みの同じ時間に部長先生のところへ行き、「気持ちはどうだ？　昨日と変わらないか？」と部長先生に聞かれた。

僕は「はい、変わりません」と答えた。

「ジョニーよ、もう一度考えてみてくれないか」と部長先生には言われたが、僕は何の返答もできなかった。とにかく、すんなりと退部届を受け取ってもらって野球部をやめたかった。

「申し訳ありません。もう、こういう状況になったら無理です。退部させてください」と僕は絞り出すように、小さな声で嘆願した。

僕は、非常に澄んだ、正直な気持ちで部長先生との話し合いの場にいた。「もう許してください。僕を解放してください」と心の中で思っていた。部長先生も心の底から僕と野球をやりたいと思ってくれていたのだろう。真摯に僕と向き合ってくれていた。

僕は、生まれてから、ここまで頑なに自分の気持ちを通そうと思ったことはなかった。

部長先生には本当に申し訳ないことをしているという意識もあった。しかし、僕の人生を、僕の進む人生を、僕の好きな方向に向かわせると心に決めていた。

二十分ぐらい経過しただろうか、部長先生は漸《ようや》く、「わかった。それじゃあ、これを受け取る」と言って退部届を受け取ってくれた。

「ジョニー、オマエには色々と言ったが、それだけ期待も大きかったからだ。悪く思わないでくれ。オマエには、これからも大事な人生がある。悔いのないようにこれからも頑張れ」と言われた。そして、「戻りたくなったらいつでも戻って来なさい」と言ってくれた。それは、心からの優しい言葉だった。僕にはそう感じられた。

あのような話し合いを、家族以外の人とするのは生まれて初めてだった。非常に長く、タフな話し合いだったが、ものすごく意味のある話し合いだった。「人を裏切ってしまったのかな」との思いもなくはなかったが、一人の中学生に、それを償う方法を考えるのはあまりに難し過ぎた。

部長先生に退部届を受け取ってもらって、僕は部屋を出て、一人、グラウンドへ向かった。二年半ぐらい前に、ここで野球することにあんなに憧れていたのに、今は、こんなにも遠ざかりたいと思っている。不思議な気持ちだった。青春時代の真っただ中、「青春」という言葉から逃げたいと思う自分がいた。

やめてから三日ほど経った晩、ビリーから電話をもらい、「一度、飯でも食べに行こう」と誘ってもらった。

その翌週の日曜日のお昼、僕はビリーと二人で会った。

「野球部やめたこと、部長先生から聞いたよ。オマエらには甲子園に行ってもらいたかったけどなぁ。オマエらなら、行けると思っていた。部長先生も期待していたと思う」ビリーは言った。

「すみません。ジョンもやめてしまって、その前にもレジーやロバートを引き留めることもできないでやめられてしまって、僕も心が折れてしまった感じで……」

「そうだなぁ。ジョンがいなくなったのは辛かっただろう。まぁ、しょうがない。やめたら、やめたで仕方ない。別に、『戻れ』と言うために今日、誘ったわけじゃないよ。オマエらも、人生、これからだからな。これから、野球でなくてもいい。何か、精一杯やって、良い人生にして欲しい。それだけだよ」

僕には、ビリーの言葉がありがたかった。二時間ほど、食事しながら語り合った。初めての大会、一回戦で負けてしまった時のこと。押し出しでサヨナラ負けしたあとに三十周グラウンドを走ったこと。僕が怪我をした試合。夏の大会のジョンの起死回生のホームラン。夏の地区大会での優勝。そして、日々の練習などなど、話は尽きなかった。久しぶりに楽しく素晴らしい時間を過ごした。また、気持ちが久しぶりに晴れ晴れとした……、そんな感じだった。

ビリーと別れた帰り道、涙が出てきた。あんなに晴れ晴れとした、清々しい気持ちだったのに、不思議と涙が出てきた。ほんのちょっと前のことに過ぎないのに、懐かしかったのか、輝き過ぎていたあの頃が懐かしく、時間を取り戻せないことを哀しく思ったのか、涙が出た。「ありがとう、ビリー！　ありがとう、トム！　ジョン！　ジョー！　ロバート！　レジー！　スティーブ！　デーブ！　ミッキー！」心の中でそう叫んだ。

中学時代、野球が好きで野球部に入った。厳しい練習の日々だったが、最高の仲間たちがいて、あまり苦しいとは思わなかった。トムと僕は、中学野球部の中心的な存在だった。あと、ジョン、ジョー、ミッキーもそうだった。この五人が柱となり、周りにロバートやスティーブ、レジー、デーブらがいた。高校で皆とやっていたら、甲子園に出られただろうか、それはわからない。

トムとバッテリーを組んでいた中学時代、トムのピッチングは素晴らしかった。外角低めのストレートのコントロールは良く、カーブ、スライダーと二種類の変化球を投げて、キャッチャーとしてリードするのが楽しかった。大会では優勝を目指すことしか考えていなかった。

ところが、秋の大会は一回戦負け。春の大会、準決勝、中学三年の六月、トムの誕生日、晴れて太陽の眩《まぶ》しい日だった。僕は左腕を骨折。その怪我がなければどうだっただろう……。

左腕を骨折した後から少し様子は変わった。怪我をした箇所の問題だけでなく、僕の心の中であの怪我は大きかった。六月が終わり、七月には夏の大会が始まった。僕らにとっては最後の大会で集大成の時。その大会の初戦、怪我の後遺症というか、影響で、僕は先発メンバーから外れた。皆のプレーを見て応援していた。その試合、ジョンの起死回生のホームランが飛び出して勝利を収めた。その次の試合から、僕は何とか先発キャッチャーとして出場し、地区大会でやっと優勝した。僕らの大きな目標を成し遂げたわけだ。

地区大会で優勝したので、都大会に出場した。しかし、その一回戦でボロ負け。中学野球部の活動の最後だった。

6回表　映画と僕

野球部を退部後、一人で色んなことを考えることが多くなった。何だか、息苦しさを感じたり、虚無感があったり、生きることの意味やら人生やら世界やら色んなことを考えた。

地球の組成、生物の誕生、人の誕生も全て偶然、奇跡的なこと。その幾重にもなる偶然、何億分の一の奇跡。僕らの仲間が出会い、野球を一緒にやり、一球の球を追いかけ、皆で勝利に向かって頑張る。それは、この広い世界、巨大な宇宙を考えれば、途轍もない偶然で奇跡。その偶然、奇跡に感謝しかなかった。

結局、僕が野球部をやめて、トムもジョーもミッキーも野球部をやめた。その後の生活、興味のあることは各自それぞれだった。それぞれが、それぞれの道を歩み始めたが、僕ら仲間たちの関係は変わらない。

野球部をやめても勉強は残る。ある日の国語の授業で、僕は相変わらずウトウトとしていた。集中力が途切れていた時、国語の教師は、アメリカの映画『風と共に去りぬ』の話をしていた。その先生は、その映画への思い入れが強かったのか、色々と話していたようだ。

母も姉もその映画を大好きだった。テレビで放送されていた時、最後の方の場面だけ、たまたま僕も見たことがあった。僕が見たのは、当時、その程度。

その時、教師は「この映画、風と共に何かが去って行ったのだが、何が去って行ったのか、皆は映画を見たかな？　ジョニー、どうだ、わかるか？」

僕は、当てられて答えを求められた。少し考えてから、僕は「男ですかね……」と答えた。映画の最後の方で、主人公の女性から夫が去ろうとする場面が思い出された。そんな記憶が僕にはあり、そう回答した。

教師は笑いながら「なるほど、そうだなぁ。クラーク・ゲーブル演じるレット・バトラーがカッコよく去って行く姿がある。確かに、風と共に男が去って行った……。ジョニーの答えはなかなかロマンチックだ。文学的な見方をするんだなぁ」と言う。「ジョニーよ、でも、この映画で、風と共に去ったのは男ではなく、戦争や文明だよ。ただ、君の答えも正解だな！　寧《むし》ろ、本当の答えより、ある意味、素晴らしい答えだよ」と教師は言って笑った。僕は、照れ臭い気分だった。

この時の国語の授業がきっかけということでもないが、この頃から僕は映画を好きになり、お小遣いをもらっては、良い映画を観に映画館へ行った。

日々の勉強は別として、その他に何か興味があること、関心の持てることがあるのか……。世の中には楽しいこと、素晴らしいことはたくさんある。世界に目を向けて、日本に留まるな！　そういう声が僕の内側、内面から聞こえてくる。

国内外の文学小説を読み、アメリカやヨーロッパの映画を観た。そして、時々、姉と映画や文学の話をした。

「ジョニーがこんなに映画や小説を好きになるとはねぇー。小さな時から野球にしか興味はなかったのに」姉が言った。

「本当だよ。何か、野球以外で感動して、興味の持てるものがあっても、いずれは飽きて野球に戻っていた。野球から離れたいと自分が思うなんて思ってもみなかったよ」と僕。

「人の気持ちは変わるし、別に、野球だけがジョニーの人生じゃないものね。色々と見て、経験して、色々と考えるのは良いこと。良い映画もどんどん観ればいい。良い小説とか、本もどんどん読めばいいと思う。ジョニーの今の年齢だから、色々と見て、読んで、感じることに意味があるわ」

「なるほどね。まぁ、小遣いにも、時間にも限りがあるから、好きなもの全部とはいかないだろうけど、なるべく良い映画は観たいよ。本は姉貴や兄貴のも読ませてもらっていいだろ？」

「もちろんいいわ。ジョニーが買って、面白かったのは私にも貸してね」

「ああ、もちろん。ところで、姉貴が今まで観た中で、好きな映画、観たら良いと思う映画を教えてもらってもいい？」

「そうねぇ……、最近の映画でも良かった作品はたくさんあるけど、やはり、『風と共に去りぬ』と『サウンド・オブ・ミュージック』かな」

「なるほど。両方とも僕はまだ観ていないなぁ、ちゃんとは。以前、姉貴は『風と共に去りぬ』をテレビで観ていたよね」

「そうね。でもいつかは映画館で観たい。『サウンド・オブ・ミュージック』もテレビで観たことがあるだけ。やっぱり映画館で観てみたいと思う」

「また、いつか映画館でやればいいね。そうしたら僕も観に行こう」

「是非、行くといいわ」

「そういえば、この前、国語の授業で、『風と共に去りぬ』では、何が風と共に去ったのかと先生に問われ、僕は『男』と答えたら、先生は笑っていたよ」

「そう。それは笑われるかもね。そんなこと、国語の授業で質問されるんだ」

「国語の先生は、自分の趣味で好きなことを話しているよ。でも、そんな授業の方が面白い」

「ジョニーも少し落ち着いたみたいで良かったわ。野球部の活動をどうするかで、結構、悩んでいたみたいだから。あの頃はママも私も心配していたわ。『ジョニーがやりたいようにやるしかない』って話していた」

「あの頃は確かに辛かった。でも、姉貴が『自分の気持ちに素直に動けばいい』と言ってくれて、少し気持ちが楽になったのを覚えているよ。姉貴には助けられた」

「まぁ、お互いさまよ。私もジョニーに助けてもらったこと、勇気付けられたことが何度もあった……」

そんなことがあったのか、僕が姉を勇気付けられるなんて思ってもみなかった。まぁ、でも、姉がそう言うのならそれでいいではないか。「それじゃあ、少し勉強でもするよ」と言って、僕は自分の部屋へ行った。

外国に、漠然と、魅力を感じるようになり出していた。歴史、地理、文学、映画……。特に、ヨーロッパの国々、アメリカ。

色んな友達との付き合いはあったが、その頃の僕には、素晴らしい輪の中にいる意識は、最早なかった。そして、孤独感なども感じるようになっていた。ただ、それは不安なものでも、悪いものでもなかった。孤独を愛することができるメンタリティも備わってきたのかもしれない。

高校生になる前の春休み、トムが僕ら仲間を「ウチに泊まりに来ないか？」と誘ってくれた。反対する者もなく、僕らはトムの家に遊びに行くことにした。野球部をやめてからゆっくりと五人が揃って話す久しぶりの機会だった。

トムの家では、前と同じようにトムのお母さんがご馳走を用意してくれていた。「皆、残念だったわね。野球部で一緒にできなくなって……。でも、人生長いから色々よね。地区大会で優勝もできたし、良かったわよ」とトムのお母さんが言った。

「そうですね。地区大会の優勝は、本当に嬉しかった。良い思い出です」とジョー。

「前は、オレたち本当にギラギラしていたよな。勝つためにどうするか、良いチームを作るためにビリーにも提言したりして」トムが言う。

「本当にギラギラしていたのはトム一人だと思うが……」とジョンが言うと、皆が笑った。

「で、皆は最近どうしているのかね？」トムのお父さんから聞かれた。

「僕は特別なことはしていません。本を読んだりしていますが、それは前もしていましたし」と僕が最初に言った。

「オレはピアノを弾いています。あとは、英語の勉強は前よりも力を入れてやっています。時々、バットを持って素振りもしていますが」とジョン。

「ジョン、素振りしているのかよ！　真っ先にやめたくせに」とミッキーが発言。

「コラッ、ミッキー！　余計なこと言うな」とトムがなだめる。

「いいよ、本当のことだし。でも、野球を嫌いになってやめたわけじゃないと自分でも思った。だからバットを振ることもある」とジョン。

「そうだな。オレもバットやグローブは大事に飾ってある。野球は好きだしね。ただ、中学の時の野球部生活と高校の野球部生活のギャップが大きくて戸惑ってしまった。そうそう、最近はよく映画を観ています。映画が好きで……」とジョーが言った。

「オレも特にこれといって何も……。音楽を聴く時間が増えたぐらいかな」トムが言った。「ミッキー、オマエはどうしている？」とトム。

「僕は、冬は家族やクラスの友達とスキーに行って楽しんだ。あとは、映画鑑賞に……、美味しいラーメンを食べに行ったりしているよ」

「ミッキーが一番充実していそうだ」僕は言った。

「ミッキーはモラトリアムとかないのかなぁ？」ジョンはボソッと言った。

「モラトリアムって、何だっけ？ 前も聞いた気がする。ん、大人になる過程の悩みだっけ？」とミッキー。

「ああ、そんなもんだ」と僕。

「ジョン、僕だって、ちゃんと悩みだってあるよ」とミッキーは言う。

「悩みなんて、ちゃんとあるものでもないだろう。何だかわからないから悩みなんじゃないのか？」とジョン。

「まあまあ、ミッキーも色々と考えている。それはよくわかる。ただ、一番、天然なのがミッキーだ」トムがなだめる感じで言う。

食事が終わり、僕らはトムの両親にお礼を言ってトムの部屋に行き話し続けた。

「ところでジョニー、君は天文学者になるために勉強しているのか？」ミッキーが聞いてきた。

「いや、全然。前も言った通り、僕は物理が苦手科目だから天文学者はダメだ。才能がない」と答えた。

「そうか。最近、結構、SFの映画を僕は観ているから、ジョニーも興味を持っているのかなぁ、と思って……」とミッキー。

「僕も映画は好きで、たまに観に行くけど、SF映画には今一つ関心がないよ」

「そうか。結構、面白いよ」

「まぁ、気が向いたら観てみるよ。ミッキーは、相変わらず銀行員狙いか？」

「それはわからないが、とりあえず僕は文系の学部に行くと思う。そのあとはまだわからない」ミッキーが言った。

「僕も理系は無理。文系に行くことになると思う。天文学者はなしだ。ただ、時々、宇宙のことについて書かれた本を読む。それで充分だよ。トムはどうする？　医者なら理系だし、作家なら文系のように思うが……」と僕はトムに聞いた。

「そうだなぁ、まだ決めていない。まだわからないよ。ジョンもジョーも文系なのかな？」とトム。

「オレは文系だよ」とジョン。

「オレもだ」とジョーも続けて答え、「トムだけが未定ということだね」と付け加えた。

「トムは、医者も作家も両方やればいいんじゃないか。トムならできそうだよ」僕は言った。

「まぁ、そういう人もいるけどな。でも、今は理系の科目で躓《つまず》いていて、あまり自信がない」

「トムらしくないじゃないか。しかし、何においても好不調はあるよな。いずれにしてもこれからだ。これからは、個人、個人で頑張っていかないと。でも、時々会って色々話そう」とジョンが言った。

「そうだよ。野球だって、皆とならまたやりたいしね」とミッキー。

「野球はしばらくいいけど、いつかまたやりたくなったらやろう」トムが言った。

その後も話は尽きず、夜通し話していた。野球部をやめて、僕らは髪の毛も伸ばして風貌は少し変わっていたが、それぞれの本質は変わりようもなく、お互いの関係も変わらない。

6回裏　チョコレートケーキ

春、高校一年生になり、高校受験で入って来た人たちが数十人加わって、クラスは新たに編成された。僕は、トムやジョン、ジョー、ミッキーの誰とも同じクラスにはならなかった。

高校生活が始まる。毎日、ほぼ同じ時間に起きて、家を出て、毎日同じ時間の電車で学校に向かう。授業が終わると、足早に学校を出て、毎日、ほぼ同じ時間の電車に乗って帰宅した。

野球部で活動していた時に比べて自由な時間が増えた。トム、ジョン、ジョー、ミッキーとはクラスは違ったが、それぞれとの交流は続いた。

僕は学校の授業が終われば帰宅する。帰宅し、別にやることもなく悶々としている時が多い。授業が終わり真っ直ぐ家に帰ると、家には姉がいた。「ねぇ、ジョニー、何か元気ないね。前はあんなに一生懸命にやることがあったから、余計に元気なく見えるのかな？」

「まぁ……、別に、元気出してもしょうがない。大してやることもないし……」

「そうね。悩むこともあるでしょうし、色々と考えるのも悪くないと思う」

「野球部をやめたら、時間もたくさんあって、好きなことをたくさんできると、夢のような世界を描いていたけど、あんまりそんな感じでもないね」

「本当に好きなことが何かも、なかなかわからないものよね。でも、何かに、前向きに取り組まないと」

「そうだね。何もやらないのではどうしようもない。前向きにねぇ……。今更、野球には戻れないし、戻りたくもない。とは言っても他のスポーツをする気もない。本を読むか、映画を観るか……」

「それだっていいと思うわ。映画だって観たいのがあれば少しぐらいお小遣いあげるわよ」

「サンキュー。姉貴はどうしていつもそんなに前向きで、生き生きと何でもやれるのか？　すごいな……」

「さぁねぇ。やらないといけないからかな？　それとも自然にそういう状況になっているのか……」

「なるほどねぇ。僕は、やらないといけないことがないということかな。まぁ、でも、前向きに何かに取り組まないと」

「あまりプレッシャーを感じる必要はないと思うけれど、せっかくの良い時期だから無駄にばかりしないで、何かに一歩踏み出してみるといいわ」

「おお、気合い入れてくれてありがとう。何かに頑張ってみるよ」と僕は言って、自分の部屋に入った。

僕は自分の軸が定まらず、薄暗い闇の中で迷っているようにも感じた。高校時代、所謂《いわゆる》、モラトリアムだったのか。そこから何かを見つけようともがく。徐々に光が見えてくればいいが。光の方向を探している。

ジョンとは月に数度一緒に帰った。

「野球部をやめる前から気持ちがぐちゃぐちゃになり、その後もぐちゃぐちゃで、何をやっていいのかわからなくなってしまった感じだ」ジョンと二人で帰っていた帰り道、僕はジョンに言った。

「そうか……。オレはぐちゃぐちゃになる前に抜け出すべきだと思ったよ」とジョン。

「ジョンは先を読めるんだよ。僕らはそこまで読めない。トムは、ジョンがやめても、まだ頑張る気力を持っていた」

「彼は、太陽のような存在だから……。自ら爛々《らんらん》と輝く。ずっとそのように生きてきている」

「まぁ、そうだな。トムがいて、僕ら惑星が輝かせてもらう、そんな感じだった」僕は言う。

「でも、結局、トムもやめた。オレのせいかもしれないが」

「ジョンのせいなんてことはない。皆、自分の意思でやめた。僕は、一月の初めにジョンが練習に出てこなかった時、ジョンはやめたと直感した。どうしてだろう？　僕自身も続けていけないと思っていたからかな……」

「オレも、皆に、何も言わずにやめるのは申し訳ないと思った。でも、こう言ったら薄情に思われるかもしれないけど、他の仲間のことまで考える余裕がなかった。自分のことは、自分で決めるべきだと考えた」とジョン。

「その通りだと思う。ジョンは自分の意思で判断し行動した。そういうことだろうとジョーとも話していたよ」

「まぁ、そう言ってもらえると……」

「正直に言うと、僕はジョンが先頭を切ってやめてくれて助かったと思ったよ。これで自分もやめることができると思った」

「そうなんだ」ジョンは言った。

「ところでジョンは最近、何をやっている？　僕は、映画をよく観る。あとは本を読むぐらい。たいしたことは何もやっていない」

「うーん、オレもたいしたことは何もやっていないよ。強いて言えば、英語の勉強に力を入れているくらいかな」

「そうか。僕もやらないとなぁ。何となく、ジョンの影響かもしれないけど、僕もヨーロッパやアメリカの文化とか歴史とか、映画や文学もそうだけど、興味が出てきた」

「おーっ、良いじゃないか。何でもいいから、自分の好きなことを見つけてやればいいと思うよ」ジョンがそう言うと、電車はジョンの降りる駅に着き、そこでジョンとは別れた。

「またな」と言って。

その後、僕は電車の中で一人ボーッと考えごとをしていた。

ジョンは、自分の軸、そういったものをちゃんと持っている。そんな感じがした。僕はといえば、軸を見失っているような、フラフラしているような、自分ではそう思えた。

家に帰ると姉がいて、姉は「美味しいケーキを買ってきたからジョニーも一緒に食べよう」と言ってくれた。

僕は、ケーキとか、甘いものにはそんなに興味はなかったけど、姉に言われて断ることもない。ケーキを食べながらコーヒーを飲み、姉と話したいと思った。

姉が「ジョニー、どうぞ」と言って、ケーキを一つ僕に差し出してくれた。それはチョコレートケーキだった。

一口、そのケーキを口にして、「美味しい」と一言、僕は発した。

「そう？　それは良かった」と姉。

僕は、そのチョコレートケーキを食べた時、広島から東京に移る際に、父に連れて行ってもらった大阪万博の会場で食べたワッフルを思い出した。

味も見栄えも違うチョコレートケーキとワッフル。それが、その瞬間、非常に似たもののように思えた。両方とも、生まれて初めて食べた、とても美味しい味との感覚だった。

「これ、オーストリアのウィーンのケーキなの。美味しいでしょう？」と姉が言う。

「美味しいよ。こんなに美味しいケーキ、生まれて初めて食べた。姉貴、ありがとう」と僕は言った。

「ヨーロッパには、美味しいケーキやお菓子がいっぱいあるわ。それだけではなく、文学も絵画も音楽も、それと、映画も、魅力あるものがたくさん。世界に目を向ければ、ヨーロッパだけではなくて、アメリカにもアジアの国々にも、アフリカにも、私たちが想像できないぐらい素晴らしいものはいっぱいある。そんなことに目を向けたら、ジョニーも何か、ヒントになるものがあると思う」と姉は言う。

僕は、とりあえず、チョコレートケーキの美味に感動して、姉の言っていたことはうわの空で聞いていた。「このチョコレートケーキ、濃厚な感じだね」僕は姉に言った。

「ケーキも美味しいけど、食べ物以外にも魅力的なものはいっぱいあるわ、世界には」

「なるほど。今日、ジョンと話したけど、ジョンは海外への関心が強いよ。彼は自分のしっかりとした軸を持っていて、野球とは違う新たな道に進み始めている感じだよ」僕は言った。

「ジョンはジョン。ジョニーはジョニー。ジョニーは、ジョニー自身で関心のあること、好きなことを見つけていけばいい」

「そんなに簡単には見つからないかな。でも、ジョンと同じように、海外の国に興味が出てきて、いつか行ってみたいとは思うよ」

「良いじゃない！　そんな漠然とした夢でいいと思うわ。興味、関心のある国の言葉を勉強して、その国の歴史や地理、経済や政治とかを勉強してみたらいいわ」姉は言った。

「うん、わかった。勉強していってみるよ」

「私もヨーロッパの文化には興味を持って、大学でもその分野の勉強をしている。語学の勉強もしているわ。ジョニーは、私とは進む方向が違うと思うけど、興味のある本などあれば貸すわよ」

「サンキュー。姉貴と話していると、何だか、自分の気持ちも整理されてくる感じだよ。ヨーロッパやアメリカへの漠然とした憧れ……。このケーキが僕の背中を押したね」と僕が言うと、姉も笑っていた。

週末、僕はアメリカの映画『スティング』を観に行った。ポール・ニューマンとロバート・レッドフォードが最高にカッコいい。そして、観客までも欺《あざむ》くようなストーリーに感動した。そんなカッコいいアメリカ映画やヨーロッパ映画を一本、また一本と観ていきながら、欧米への憧れが増す。

時は流れ、高校二年生になると、何となく、大学受験を意識しなくてはいけないような雰囲気になってきた。周りの連中の多くは、受験勉強に力を入れて取り組み出していた。

一方で、僕は映画を観ることに喜びを見出し、姉の推奨映画、『風と共に去りぬ』が映画館で上映されると、僕は一人で観に行った。三時間を超えるその超大作に圧倒される。

そしてまた、姉のもう一本の推奨、『サウンド・オブ・ミュージック』も劇場公開され、姉から誘われて一緒に観に行った。オーストリア、ザルツブルクの美しさ、音楽、登場人物たちのキャラクター、全てが素晴らしい。そして、戦争の虚しさ、酷《むご》さなども感じる作品だった。

「オーストリアは良い映画の舞台にもなるし、美味しいケーキはあるし、魅力的だ。世界史にも色々と登場するよね」と僕は言った。

「そうね、ヨーロッパの国々、私は憧れる。ところで、ジョニーはアメリカにも興味を持っているのでしょう?」と姉に聞かれる。

「アメリカにも興味がある。元々、ベースボールは大好きだからね」

「都市ではどの辺りに興味がある?」

「よくわからないけど、ニューヨーク・ヤンキースが大好きだから、ニューヨークかな……」

「ジョニーは、やっぱり野球が好きなのね」

「まぁね。野球部はやめてしまったけど、野球そのものを嫌いになったわけではないから。メジャーリーグには関心があるよ。特に、ヤンキースは伝統もあるし、強いし、魅力的なチームだよ。だから、ニューヨークには憧れる」

高校二年生の冬、ジョン・レノンがニューヨークの自宅前で撃たれ、亡くなったとのニュースが入ってきた。僕ら世代にも衝撃的なニュースだった。

中学野球部の最後の試合、ボコボコに打たれて敗れたあと、僕の頭の中で『イマジン』の曲が流れたが、この時は、実際にテレビやラジオなどで繰り返し『イマジン』の曲が流れ、多くの人が悲しみに沈んだ。

月日は流れ、僕らは高校を卒業する時期になった。

ジョンとミッキーは現役で大学に合格。トムとジョーと僕は浪人生となる。卒業式が終わり、三月の終わり、久々に、トムの家に集まり食事をすることになる。ジョンが地方の大学に行くので、その送別会ということだ。あとは、ジョンとミッキーの合格祝い、そしてトムとジョー、僕の激励会か……。

「ジョンとミッキーは来月から大学生か。羨《うらや》ましいが、まぁ、しょうがない。オレも来年こそは希望の大学に必ず受かるぞ！」とトム。

僕も「来年は何とか頑張らないと」と言った。

「ジョーは、やはり浪人するのか？」ジョンがジョーに聞いた。ジョーは、私大には合格していたが、第一志望ではなくて迷っていたのだ。

「ああ、浪人してもう一度第一志望の学校を目指してみるよ」とジョー。

「中学の野球部を終えて、高校生になり少しバラバラになってしまったけど、これからは本当にそれぞれの道を歩んで行くことになるなぁ」僕は言う。

「そうだな。オレは地方の大学に行ってしまうし、今までとはまた違うフェーズに入る感じだ」とジョン。

「まぁ、でも、これからも会うことはできる。時々集まって楽しく話をしよう」ミッキーが言った。

その後、中学の野球部で一緒に頑張ったこと。早く上級生がいなくなることをひたすら待った日々。優勝を目指してビリーを信じて猛練習をした日々。秋の大会では初戦敗退してしまったこと。春の大会で僕が怪我をしてしまったこと。夏の大会、ジョンの起死回生のホームラン、トムのノーヒットノーラン、ミッキーの盗塁とジョーのダメ押しタイムリー、結果、その大会で優勝したこと……、などなど懐かしい思い出話で盛り上がった。

もう三年、いや五年以上前のこともあったが、皆、細かいところまでよく覚えている。高校を卒業する時になって、本当に久しぶりに野球の話をした。

それからまた一年後、僕もトムもジョーも志望学校に合格し、大学生になった。それぞれが、それぞれの道を歩き出したわけだ。とは言っても、大学一年、二年と、僕は、道らしい道を全く見出せていなかった。

僕が大学に行っていた頃、テニスやスキーをやるサークルとか同好会の人気が高かった。

僕は、テニスもスキーもやりたいとは思わなかったので、そういうサークルや同好会には入る気もなかった。語学のクラスで一緒だった人たちと友達になり、たまに遊びに行くこともあったが、それよりも適当に自分の好きなことをやっていることの方が多かった。何だか今一つ充実感のない生活を送っていた。

第３編

その後の人生

7回表　ヨーロッパへ

　年数が経ち、大学三年の夏休みにトムから「皆で飲みに行こう」と誘いが入った。僕は「待っていました」という感じで、すぐに賛同。ジョン、ジョー、ミッキーとの予定を合わせて、僕らは久しぶりに会った。

「五人で会うのはいつ以来だ？　オレたちが浪人する時以来かなぁ？」とトムが言った。

「そうだな。オレもトムやジョニーなど、個別には会うことはあったが、五人揃うのは久しぶりだ」とジョン。

　皆がビールを頼み、トムの音頭で乾杯した。

　ジョンは「ミッキー、オマエは就職活動どうしてる？」と聞いた。

　ミッキーは「銀行に内定をもらった。その銀行に行くことになると思う。ジョン、君は？」と言った。

「おお、おめでとう！　オレも商社から内定が出た。そこに行くよ」とジョン。

「それは良かった。ミッキーとジョン、二人の未来に乾杯だ！　おめでとう！」と僕は言って二人を祝福し、皆でもう一度乾杯した。

「で、ジョニー、大学生活、楽しんでいるか？」ジョンに聞かれた。

「まぁ、適当に……。ゼミには一応入り、そこで勉強はしているけど、あとはバイトしたり、映画を観たり、特別なことはしてないなぁ」と僕は答えた。

「トムやジョーはどうなの？」とジョン。

「オレは、結構勉強で忙しくしているよ。実習もあるしな」とトム。

「オレはアメリカン・フットボールのクラブに入っているから、その活動が中心だよ」とジョー。

「皆、それぞれ充実しているなぁ。僕だけ暇に暮らしているみたいだ……」僕は呟《つぶや》くように言う。

「ジョニー、大学生なんてそんなもんだよ。トムとジョーは厳しい中にいるようだが、そういう人は寧《むし》ろ少数じゃないかな」とジョン。

　確かにジョンの言う通り、ボヤッとしている僕みたいなのが普通で、充実している人は少ないのかもしれない。

「それで、ジョニーはどんなことをやろうと思っているの？」ミッキーから質問された。

「色々と考えるけど、まだ職業を何にするべきか、わからない。ただ、漠然と、ジョンと同じように海外でも働いてみたいと思うよ」と僕は答えた。

「おお、良いじゃないか！　宇宙も良いが、まずは海外だな」とジョン。

「宇宙は、中学の初めの頃言ったことで、もうとっくに諦めているって」僕は言った。

「ジョニー、英語の勉強もしているのか？」とミッキー。

「まぁ、少しはやっているよ」

「海外に興味があるなら、今度の春休み、二月頃に一緒に海外旅行しないか？」

「行けるのなら行きたいよ。でも、お金があるかなぁ……」

「僕は卒業旅行ってやつさ。誰と行くか考えていて、もし、ジョニーが一緒に行けるのならそれは良いと思って」

「うん、考えてみるよ」と僕は答えた。トムやジョーは色々と忙しい身だし、ミッキーとジョンが二人で旅行というのも、ちょっと趣味や趣向が違う感じ。ミッキーが僕を誘うのは理解できた。

映画を観て、小説を読んで、空想して、自分のやりたいこと、やるべきことを考えて、漸《ようや》く自分の進むべき道が見え始め、そこには海外、特に欧米への憧れが多分にあった。海外に住んでみたいとか、海外の人と共に働きたいとか、そんな漠然としたものだけど、前から空想していたことを徐々に実現していければという気持ちだった。

十月頃からミッキーと会い、旅行の計画を話した。ミッキーも僕もヨーロッパへ行きたいと思っていた。ヨーロッパのどこをどんな予定で回るか、二人で話し合った。

「ミッキー、君はどの辺を回りたい？」

「そうだなぁ、僕はドイツやフランス、イギリスにも行きたい。ヨーロッパのなるべく多くの国に基本的には電車で回りたいと思っているよ」

「僕も同じだ。ミッキーの方が色々と旅行の下調べをしているようだから、基本線を作ってもらっていいかな？」

「うん、いいよ。まずは飛行機を決めるのかなぁ。どこの都市に最初に行くか、それを決めてから計画を立てることにしよう」

ミッキーとこんな話をしたその日、僕は家に帰ると、母と姉を前に「今度の春休み、ミッキーと二人でヨーロッパ旅行に行きたいと思う。ミッキーは、卒業旅行ということで、その旅行が終われば社会人。僕が社会に出るのは一年後になるけど、ミッキーとなら気も合うし、是非行きたいと思う。そこで、相談なのですが、アルバイトなどをして返すので、お金を貸してください」とお願いした。

「突然の話ね。それで、いくらぐらい必要なの？」と母。

「僕もアルバイトして貯めているお金もあるから、そこからももちろん出す。なるべく安い旅行にはしたいと思っているけど、二十万円か、三十万円ぐらい掛かるのかなぁ……」

「まぁ、そんなところね。私も少し援助してあげる」と姉。

「ありがとう。何かおみやげ買ってくるよ！　とりあえず、今度、ミッキーと航空券の予約をしてこようと思う。それで、大体の金額がわかってくると思う。色々とよろしくお願いします」と僕は言った。

「ジョニーも何かが吹っ切れたみたいね。こんな楽しそうで生き生きした姿、久しぶりに見るわね」と姉が言った。

「そうだね。自分でも、やっと大きな楽しみが出てきて、全てにおいて前向きな気持ちだよ」と僕は言って笑った。

僕は、ミッキーと旅行会社へ行き、「二月にヨーロッパ旅行を計画したい」と相談した。その時期は航空機代も一年の中では最も安い時期ということ。

僕らは、往路はドイツのフランクフルト国際空港へ到着する便、復路はパリのシャルル・ド・ゴール国際空港からフランクフルト国際空港経由で帰国する便を予約し、併せて到着初日のホテルだけフランクフルト・アム・マイン市内に予約を入れた。

大学では三年生後期の試験があったが、僕は気合い全開で乗り切った。そして、初めての海外へ旅立つ日を待つ。

飛行機は、ルフトハンザドイツ航空。まずは、フランクフルトに行く。初日に泊まるホテルだけ予約し、あとは行く街々でホテルを探すことになる。

旅行当日、成田国際空港から出発した。

「ミッキーは、飛行機には乗ったことあるの？」

「うん、あるよ。国内だけどね」

「そうか。僕は初めてだよ。それにしても長旅だ」

「そうだね。十二時間くらい掛かるのかな」

「しかし、良いものだ。海外旅行に行けるなんて夢のようだ」僕は言った。

ミッキーとなら、少々長い旅行でも快適に過ごすことができるだろうと思った。

じっと座っている時間も長かったが、飛行機は漸《ようや》くヨーロッパ上空に入り、「間もなくフランクフルト国際空港に到着します」とのアナウンスがあり、無事に到着した。

生まれて初めての海外旅行。フランクフルトの市内に着いた時はもう真っ暗だったが、初めて踏む異国の地、感慨深いものがあった。

フランクフルト中央駅近くにあるホテルで一泊して、翌日はフランクフルト市内を観光したあと、電車で西ベルリンへ向かった。その当時、ドイツはまだ東西に分かれていて、深夜の時間帯に西ドイツと東ドイツの国境を越えた。その際、電車は結構長い時間停車し、緊張感漂う中、パスポートのチェックなどを受けた。

僕らは西ベルリンのみならず、東ベルリンにも行った。東ベルリンでは、市内を歩き、ブランデンブルク門などを観光。西ベルリンとは、全く違う雰囲気で、壁に描かれている絵の様子も全然違っていた。走っている車は、ほとんどがトラバントだ。銃を抱えた警察官も多く、少し怖さを感じた。

お昼ご飯を食べて、何をやるでもなく、ただ、街を歩き、風景を眺め、これが東ドイツなのかと感じた。僕にとっては貴重な経験だった。

西ベルリンのホテルで一泊し、翌朝そのホテルをチェックアウトすると、駅に行き、そこから電車を乗り継ぎミュンヘンに向かう。

電車に乗っていて、車窓から景色を眺めているだけで幸せだった。

「ベルリンに行って良かった」僕はミッキーに言った。

「うん、ベルリン、良かったね。東ベルリンはちょっと怖かったけど、東と西の違った様子が見られて良かったと思う」

「しかし、違いは大きいよなぁ。ベルリンの壁は、まさに東西を分断する象徴だね」と僕。一つの国がこのように分断されている状況、その現実を見て、僕は大きな衝撃を受けた。

「次はミュンヘン。何を期待できるかな？」と僕。

「やはり、ビールだろう！　美味いビールをソーセージと共にいただこうよ」ミッキーは言った。

ミュンヘンの駅に到着しホテルを決めたあと、僕らはビアホールに行った。大きなジョッキでビールを飲みながら、「ミッキーはどんな夢を持っている？」僕は尋ねた。

「夢と言われても……」ミッキーは戸惑っていた。「そうだねぇ、色んなところへの旅行の計画を立てて、実際に行きたい」

「そうか！　ミッキーは、計画を立てるのが好きだよな。それが得意だ」

「地図を見て、鉄道や飛行機の時刻表を見て、こうしよう、ああしよう、と考えるのは面白いよ。夢が描ける」とミッキー。

「なるほど。でも、もっと、仕事とか、ビジネスとか、そういうことの夢はないのか？」

「あまりないよ。普通に働いて、普通に給料をもらって、普通に生活できればいいかな」

「そうか」

「ジョニーはどうなの？」

「ミッキーの話を聞いていると、僕も普通に働いて、普通に生活できればいいと、そう思った。でも敢えて言えば、やはり、海外で働き生活してみたい。そんな夢はある。英語やドイツ語をもっと勉強して、彼らと話し、何かをやってみたい。そして、こんなにも美しいヨーロッパの街並みの中で暮らしてみたい」

僕らはすっかりお腹いっぱいになってビアホールを出た。

翌朝、ミュンヘンの街中を歩き、昼頃の電車でザルツブルクへ向かう。

姉と観に行った映画、『サウンド・オブ・ミュージック』の世界だ。夢の世界だった。モーツァルトの生誕の地でもある。

「美しい。そして平和そうな街だなぁ」と僕。

「そうだね。平和そうで、また、歴史の重みも感じられる素晴らしい街並みだ」とミッキー。

「人々も落ち着いていていて、皆、優しそうな感じだね」

僕らは、ザルツブルクの落ち着いた街並み、落ち着いた感じの人々に、すっかり安心感を覚え、感動した。

ザルツブルクの美しい風景、街並みをあとにして、ウィーンへ向かう。

ウィーンといえばクラシック音楽。その他にも宮殿や大聖堂、美術館など見どころは多い。

しかし、僕にはウィーンでどうしてもやりたいことがあった。それは、ホテル・ザッハーのカフェに行きザッハトルテを食べることだった。僕が悩んでいた時、姉がウィーンのチョコレートケーキを買ってきてくれて一緒に食べた。そのケーキを、本場、ウィーンで食べたいと思っていた。

僕はその希望をミッキーに話し、ミッキーは快諾してくれた。二人の日本人の若い男にホテル・ザッハーはやや場違いだったかもしれないが、そんなことを気にしていられない。僕らは、そのカフェに入りザッハトルテとウィンナーコーヒーをいただいて、至福の時を過ごした。

そのあと、イタリア、ローマへ行き、スイスを抜け、フランス、パリへ行く。

『ローマの休日』、『勝手にしやがれ』など、名画の場面を堪能した。「ミッキーが、この旅行を計画してくれて本当に良かった。ヨーロッパの国々をこんなふうに鉄道で旅できるとは知らなかった」

「僕も、一人で来るのは憚《はばか》られた。ジョニーが一緒に行くと言ってくれて良かった」とミッキー。

ミッキーとのヨーロッパ旅行、素晴らしい思い出を残し、完結した。

7回裏　初めてのアメリカ

旅行から戻ると、僕は、自分が何に関心があるか、少しわかりだしてきて、英語やドイツ語、経済学、国際情勢などの勉強に力を入れた。

大学四年の暑い夏が来て、就職活動を始める。時代はバブル期で、金融機関や不動産会社などの人気が特に高かった。

僕はいくつかの会社で内定をもらえそうな感じを掴んでいて、その中でも、海外勤務をさせてもらえる可能性の高そうなところを自分なりに考えて、最終の就職先を決めた。

その同じ頃、ジョーも就職活動をしていて、彼はコンサルティング会社へ就職することに決めた。ただ、弁護士になりたい気持ちを捨てておらず、「司法試験にも挑戦するつもり」とジョーは言っていた。

就職も決まった大学四年の冬、姉が結婚することになった。その頃の日本はバブル経済絶頂の時代。若い人たちは、元気よく、明るく盛り上がらないといけない、そんな時代風潮だった。遊び方もファッションも、何もかも派手でお金を掛ける。僕は、こんな世の中を好きにはなれなかった。

若い人たちの結婚式も都心の高級ホテルなどで、たくさんの人を招いて派手に挙げることが流行りだったようだ。

しかし、姉も姉の旦那さんになる人も、そんな流行にはとらわれず、身内の家族だけで結婚式を挙げるべく計画していた。場所はアメリカ、ニューヨーク郊外の教会ということ。

姉の結婚は、ウチの家族でも嬉しい素晴らしいニュース。そして、僕にとっては、ニューヨークに行けることが大きな楽しみとなった。

クリスマスイブ、十二月二十四日に成田国際空港からニューヨーク、ジョン・F・ケネディ国際空港へ向けて僕は両親、兄と共に旅立つ。姉は前日に旦那さんになる人と一緒に、一足先にニューヨークへ行っていた。

クリスマスイブの日、僕ら家族はニューヨークに着き、マンハッタン、ミッドタウンのホテルでチェックイン。

翌日、十二月二十五日、クリスマスの日。ホテルから歩いて五番街へ行き、ロックフェラー・センターのクリスマスツリーを見に行くと、すごく多くの観光客で賑わっている。皆、大きなツリーをバックに写真を撮っていた。

クリスマスの混雑といえば、母と小学校一年の時に野球のユニフォームを買ってもらいに新宿のデパートへ行った時のことを僕は思い出した。

その晩、両親、兄、僕の四人でステーキハウスへ行く。その日は、クリスマスのコースディナーがあり、皆がそれを注文した。

まずサラダが来て、その後、ステーキ、ブロッコリーやマッシュポテトなどが次々に運ばれて来た。ワインで乾杯して、僕はリブアイステーキを一口いただいた。「美味い！」思わず一言発した。

「本当に美味いなぁ。フィレも美味しいぞ、ジョニー」と兄は言う。

僕はフィレステーキを食べて、「最高だね」と言って笑った。

ブロッコリーもマッシュポテトもとても美味しかった。

「あんなに美味しいステーキは初めて食べたよ。親父はあんなの食べたことがあったの？」僕は聞いた。

「昔、アメリカ出張の時にステーキを食べたなぁ。でも、今日のステーキは格別に美味かったよ。ワインも美味かった」と父も上機嫌だ。

「おふくろもあんなに美味しいステーキは初めてだろう？」と僕。

「そうね。あのようなボリュームのお肉は日本じゃ食べないわね」と母は言った。皆、幸せな気分だった。

次の日、姉の結婚式の日が来た。僕らはスーツなどに着替えて、四人で地下鉄に乗って姉の宿泊しているホテルまで行った。そこで姉と姉の旦那さんになる人、そしてその両親と待ち合わせをしていた。

青空の良い天気だったが、気温はほぼゼロ度で空気は冷たかった。

姉はウェディングドレスを着て、その上にダウンジャケットを羽織っていた。

僕ら家族と新郎新婦、新郎の両親の他に、写真家兼ウェディングのコーディネーターの女性一人と、姉の髪の毛やドレスのセットなどをしてくれる美容師の女性が一人、式が終わるまで付き添ってくれるようだ。

僕らは、大きめのワゴン車で、式の執り行われるニューヨーク州郊外の教会まで行くことになる。途中で何ヶ所か、車を停めて写真撮影が行われた。エンパイア・ステート・ビルディングやロックフェラー・センター、ブルックリンブリッジなどをバックに、新郎新婦は何枚も写真を撮ってもらっていた。

マンハッタン島を出て、車に一時間ほど乗ると、式を行う教会に到着した。周りを木々に囲まれた閑静な森の中にある素晴らしい教会だった。

「寒いけど、良いところね」母が言う。

「太陽が出てきて晴れて良かった。寒いけど、気持ちいい天気だ」と僕。

「ちょっと早めに着きましたけど、もう中に入って大丈夫ということです」とコーディネーターの人が言った。

予定より少し早く到着したようだが、中に入れてもらえて、予定の時間よりも前倒しで式の準備が進められた。

控室から教会に入ると、綺麗なステンドグラスが目に入る。正面の大きな花模様のステンドグラスに、両サイドにはイエス・キリストや信者らを描いた美しいステンドグラスが数枚あった。素晴らしい教会……。

間もなくして結婚式が始まる。僕は母、兄と新婦側の席に着いた。オルガンの演奏に合わせて、姉と父はゆっくりとバージンロードを歩いた。そして、祭壇の、旦那さんになる人の前に着き、父は姉の手を旦那さんになる人に渡して、席の方へ退いた。

牧師さんは女性の方。優しそうで知的な女性だった。牧師さんのクリアな英語に導かれ、新郎新婦は結婚の宣誓を行った。

結婚式の時、これまでの姉との色んな思い出が去来した。僕が小さかった頃、親の言い分に納得できずに泣いている僕を癒し、僕の味方になって姉が親を何度も説得してくれたこと。野球部のことで悩む僕に元気を与えようと色々とアドバイスしてくれたこと。僕は、「ニューヨークに憧れる」と、姉に言ったことがある。そのニューヨークで姉が結婚式を挙げるなんて夢のようだった。静かな森の中の素晴らしい教会での結婚式、感動的だった。

式の時間は二十分ほどだった。式が終わると、姉は髪形を変えるために控室へ行く。姉の髪が整うと、また写真撮影。教会の外でも写真撮影が行われた。

教会での儀式が終わると、再びワゴン車に乗り込みマンハッタンへ向かい、それぞれ一度ホテルの部屋に戻った。

ホテルで少し休み、着替えをしてから、ディナーの場所へ。グラマシーにあるレストランだった。ニューヨークでもなかなか予約を取るのが難しい人気のレストラン。八人が揃い、コースのディナーをいただいた。前菜から魚料理、肉料理、デザートと全て絶品だった。白ワインや赤ワインを飲みながら皆と楽しく結婚式の晩を祝う。人生の中でも最高のディナーとなった。

翌日以降、僕は一人で行動した。セントラル・パークを歩き、ストロベリー・フィールズのところへ行く。そこには、ギターを演奏してジョン・レノンの曲を歌っている人がいて、しばし聞き入っていた。そのすぐ近くには、ジョン・レノンの住んでいたダコタ・ハウスがあり、その横を歩く。その後、地下鉄でダウンタウンへ。ウォール・ストリートを歩き、バッテリー・パークから自由の女神を眺めた。

大晦日の朝、朝食を終えてホテルをチェックアウトすると、タクシーでジョン・F・ケネディ国際空港へ。成田国際空港への飛行機に乗り、帰国の途に就いた。

帰国すると年始の休みだったが、その休みの間、ニューヨーク旅行の楽しかったイベントの思い出を引きずり、僕は何日かボーッとしていた。兄も親も、多分、同じような感覚だったと思う。

年が明け、二月、三月もあっという間に過ぎていく。三月の末、トム、ジョン、ジョー、ミッキー、そして僕の五人が久しぶりに集まった。その時、僕は、ニューヨークのヤンキースクラブハウスで買ったキーホルダーを皆にお土産として渡した。

「サンキュー。ジョニーはニューヨークに行ってきたのか?」とトムが言った。

「ああ。姉貴が結婚式をニューヨーク郊外の教会で挙げた。新郎の両親と僕ら家族が参列して行われた」僕は言った。

「それは良い！　おめでとう！　ジョニーもニューヨークに行けてラッキーだったな」とジョン。

「本当にラッキーだった。身内だけの結婚式もいいものだよ。もっとも、僕が結婚式に出席したのは、今回が初めてだけど……」

「ニューヨークで結婚式なんて、オシャレだなぁ」とジョーが言う。

「教会で式を行って、そのあと、家族皆で、レストランで食事したけど、その食事もワインも美味しかったよ」

「羨《うらや》ましい！　こっちなんか、毎日、居酒屋ばかりだよ」とミッキー。

「それはしょうがないだろう。オマエ、毎日、飲みに行っているのか？」トムがミッキーに聞いた。

「ああ、ほとんど毎日行っているよ。会社の上司と」

「そんなに毎日、同じ人たちと飲みに行って、よく話すことがあるなぁ。飽きないの？」僕は聞いた。

「不思議と飽きない。とにかく、毎日誘われて、なかなか断れない。僕も飲みに行くのは嫌いじゃないしね。ジョニーとジョーもそういった毎日がもうじき来るよ」とミッキー。

「そうか。でも、まぁ、飲みに行くよりも、まずは仕事を覚えていかないといけないだろう」と僕。

「仕事は、毎日会社に行っていればわかってくるよ。そんなに心配することもないと思う。ところで、トムはあと二年か？」とジョンが言った。

「そうだ。あと二年。これからは臨床実習を中心に学んでいくようになる。早く働きたいが、もう少しの辛抱だ」とトム。

「トムは良い医者になるだろうなぁ。皆、トムみたいな医師に診てもらえたら安心するよ」と僕は言った。

「ジョニーの言う通りだ。トム、焦る必要は全くない。あと二年、頑張ってくれ」とジョン。

「ああ、頑張るよ！」トムは力強く言った。前向きな姿勢は中学の時と変わらない。

「ジョーはコンサルティング会社勤務か？　司法試験はどうする？」とミッキーはジョーに聞いた。

「とりあえず、勤務して、司法試験への挑戦も続けたいと思う」とジョー。

「すごいなぁ。さすがジョーだ！」とミッキー。

「挑戦するのはミッキーだってできるだろう。すごいなんてことはない。まだ、何もやっているわけでもない」とジョー。

「挑戦する気持ちを持っているのがすごいよ」ミッキーは言った。

そのあと、中学野球部時代の思い出話などで盛り上がり、その会はお開きとなった。

僕もジョーも働き出したが、ジョーは間もなくコンサルティング会社を辞めて司法試験の勉強に専念。数度の挑戦を経て、見事に合格し、弁護士として活躍。

トムは研修医からスタートして勤務医となり、彼も大忙しで小児科医として活躍している。

僕ら五人は、それぞれが、社会人として忙しく働くようになっていった。

8回表　再始動

僕は、金融機関で働き、結婚し、子供も授かり、東京や大阪、また海外でも仕事をして、家族と共に生活し、まぁ、単身赴任もあったけど、来年には六十歳、還暦を迎える。少し前に長年勤めた銀行を退職し別の会社に移った。

その間、トムやジョン、ジョー、ミッキーの仲間たちも、それぞれの道で働き、生活をしてきた。生きてきた。

僕ら五人は、四十歳頃から、仲間を募って草野球のチームを作り毎週土曜日に野球の試合をしている。監督は中学の時にキャプテンだったトムが務め、毎週の対戦相手を探して試合を組み、毎試合のオーダーを決める。

平日の毎日の憂鬱な仕事が終わり、土曜が来ると野球ができる。嬉しいじゃないか。

試合といっても、別に、勝ちに拘《こだわ》る必要はない。負けるよりかは、勝つ方が嬉しく、試合後の満足感も高い。とは言っても、とにかく、野球の試合をしてそれぞれが楽しめればそれでいい。

季節は十一月、土曜日が来て秋晴れの絶好の野球日和。板橋区のグラウンドでの試合だ。

参加者は、僕ら同級生の還暦待機組が七人と三十代が二人の九人丁度。

この日、先発ピッチャーはトム、キャッチャーは僕といういつものバッテリー。ウチのチームは後攻だった。

初回の守りをトムはゼロ点で切り抜けると、一回裏、一番打者のフォアボール後、ミッキーがヒットで繋ぐ。このチャンスにジョーはセンター前にタイムリーヒットを打ち、まず一点を先制した。そしてノーアウト一塁二塁からジョンが打席に入る。その五球目、真ん中ややインコース気味に来たストレートをジョンはフルスイング。真芯でボールを捉え、打球は青空高く舞い上がり、レフトフェンスを越えてスリーランホームランになった。すごい一打だった。

僕らは皆でジョンを迎え祝福した。

「ナイスバッティング！　ジョン！」僕は叫んだ。

ジョーもミッキーも口々に「ナイスバッティング！」と声を上げる。皆が、ジョンの一打に驚愕した。初回で四点を取った。

このあと、ジョーの二本目のタイムリーや僕の二塁打などで五点を加え、結果、九対二で大勝した。

試合後、トムは相手チームの監督から「皆さん、おいくつぐらいですか？」と聞かれた。

トムは、「七人が来年で六十歳になります。二人が三十歳代です」と答えた。

「えっ！　年上の方がほとんどとは思っていましたが……、ほとんどの方が五十九歳ですか？　そりゃ、すごい！　ホームランを打った方のバッティングは見事だった。とても来年六十歳になるとは思えません」相手監督は驚いてそう言った。

「皆さんはおいくつぐらいですか？」とトムは聞いた。

「私たちは、二十代から四十代。一番若い人が二十五歳で、一番年上が私で、四十五歳です」と相手監督。

その会話を僕は横で聞いていた。

着替え終えると、僕ら同級生は、よく行く中華料理屋さんで祝勝会だ。生ビールやウーロン茶で乾杯し、例によって餃子、酢豚、麻婆豆腐、野菜炒めなどを次々と注文し、初老の男たちの胃袋へ流し込んでいく。

「オレたちメンバーのほとんどは来年六十歳だと相手チームの監督に言ったら、すごく驚いていたよ」トムは皆に言った。

「今日は、皆、動きも良かった」とジョンが続いて言う。

「ジョンのホームランは圧巻だった」と僕は言った。

「相手監督も、ジョンのホームランにはたまげていたよ」とトム。

「皆が、こうやって元気に野球をできて、しかも快勝すると気持ち良いなぁ」とジョン。

「ところで、オレたちも来年は六十歳になるが、皆はその後、どうする？ まだ仕事は続けるのか？」とトムが皆に聞いた。

「僕は、去年、銀行は辞めて別の会社に移った。六十歳になると雇用形態が変わるけど、多分、そのまま続けて働く」僕は言った。

「僕も、もう少し勤めると思う」とミッキー。

「オレは、定年のない職業だから、別に六十歳になろうが、関係ない。気力と体力が持てば働くつもり」とジョーは言う。

「まぁ、ジョーはそうだろうな。定年とかは関係ないから、何歳でもやれるところまでできるわけだ。オレは、恐らく、来年のどこかのタイミングで辞めるかもしれない。もう充分にやってきたから」とジョンは言った。

「そうか。ジョンもそう考えているのか。実は、オレも六十歳になれば、医者の仕事は辞めるか、だいぶ減らすとかして、別のことをしようと考えている」とトムが言う。

「別のことって、何をするつもり？」ジョーが尋ねた。

「小説を書くとか、書き物をしようと思っている」とトム。

「へぇ、いいじゃないか。トムは、確か、中学生の時に『医者か作家になりたい』と言っていた。その夢に向かってやればいいと思うよ」と僕は言った。

「新しいことに挑戦するのは素晴らしい！」とジョーが言う。

「サンキュー！　皆がそう言ってくれると嬉しいよ」トムが言った。

「でも、何故、医者の仕事を退こうと考えているの？」ミッキーが尋ねた。

「そんなに深い理由があるわけではない。オレは勤務医だから六十歳か六十五歳が一つの区切り。それはジョニーやミッキーと同じ。『この先、十年、二十年、どうやって生きていこうか』と考えた時に『小説を書こう、作家になろう』と考えたわけさ」

「なるほどね……。ところで、ジョンは今後どうする？」とミッキーは聞いた。

「オレはまだ具体的なことは考えていない。辞めて、少しゆっくりして考えればいいと思っているよ」とジョン。

この日の飲み会、トムの発言に僕は少し驚いたが、トムらしい前向きな考えだと思った。

ジョンにしても今後のことを、何か、きっと考えているのだろう。

僕も、「これから何か、今までの仕事や生活とは違う何かをやりたい」と、思いだけはめぐらしていた。

良い勝利の後、楽しく飲み、食べ、大満足で宴会はお開きとなった。

この日、僕は二次会へは参加せずに、そこから実家へ向かった。たまには年老いた母に顔を見せておかないと。父は、もう数年前に亡くなっていた。

実家に行くと、その日はたまたま姉も来ていた。

「ジョニー、久しぶりね。元気にしていたの？」と姉。

「おお、久しぶり。まぁ、元気だよ。前のように仕事も忙しくないし健康的に暮らしているよ」と僕は言った。

「ジョニー、しばらく。今日は野球だったの？」と母に聞かれた。

「ああ、そうだよ。野球やって、腹一杯食べてきたところだよ」と僕は答えた。

「トムやジョンたちも来たの？　皆、元気にしている？」と母。

「トムにジョン、ジョーやミッキー、皆、来たよ。皆が元気にしている」

「あら、懐かしいお名前。今も仲良く野球やっているなんて、すごいわねぇ！」と姉は感心して言った。

「すごいのかどうか、それはわからないけど、仲が良いのは確かだ。それに、皆、野球が好きだよ」

「ジョニーは、小さい頃から野球が好きだったものねぇ。クリスマスの時はいつも野球のものばかりせがまれたのが、ついこの間のよう」と母が言う。

「ついこの間って、もうすぐ六十歳になるよ」

「あら、そうだった？　でも、今は六十歳と言ってもまだまだ先は長いから、健康には気をつけないとダメよ。ビールやワインばかり飲んでいちゃダメよ」と母。親はいくつになっても子供の心配ばかりだ。

「そんなに飲んでいないよ。仕事のストレスも少なくなっているしね。それよりもオフクロの方こそ体の調子は大丈夫なの？」僕は聞いた。

「私は、もうそこら中にガタが来ているわよ。歩かないといけないと思って、なるべく歩くようにはしているけど、それも辛くなってきたわ」と母。

「まぁ、無理はしないで。でも、なるべく運動はして、色々と人に会って話すのが良いだろうね」

「ジョニー、そんなことを言うのだったら、あなたがもっと頻繁に来て話し相手になってくださいな」と母に厳しいところを突かれた。

「でも、こうやって、時々顔を出してくれるだけでもいいじゃない。ジョニーは、家も遠いから……」姉は昔から僕のことをフォローしてくれる。今も変わらない。

「姉貴の旦那さんは元気にしているの？」僕は聞いた。

「ええ、元気よ。もう勤めを辞めて何年になるかしら……。時々、ジムで運動したり、ゴルフをしたり」

「なるほど。他には何かやっていないの？」定年後、ジムやゴルフ、まぁ、僕の場合は野球になるか……、それだけの生活では耐えられそうもなく、そう聞いた。

「普段は、暇な時には図書館に行っているわね。まぁ、ほとんどの日は暇なのでしょうけど……」と姉は言う。

「定年後の生活は、そんな感じになるのかなぁ。まぁ、しょうがないのか。でも、何か、こう、意味のあることをやりたい」

「ジョニーは、良い友達と野球をやっている。それだけでも幸せよ」

「昔からの仲間と今も一緒に楽しめているのは、確かに幸せなことだね」

「色々と苦労も共にしてきた仲間だから……」姉は言った。

「そういえば、今年の冬、クリスマスの時期にニューヨークへ旅行に行こうと思っているよ」と僕。

「あら、良いわねぇ！　寒いでしょうけど。楽しんできてね」と姉。

「ああ、楽しんでくるよ」

「寒い時にわざわざニューヨークとは……」と母。

「寒いだろうけど、姉貴の結婚式と同じような時期だよ」

「あら、懐かしい。あの時も寒かったかしら？　でも、何か楽しめることはあるの？」

「ニューヨークの街を歩き、レストランでのんびり食事するだけで充分に楽しいよ」と僕は言った。

「ところで、ジョニー、私ももうこの先いつ逝ってしまうかわからないから、あなた、その時はしっかりと対応してね。三人で喧嘩でもされて財産争いか何かされたら嫌だからね」と母が言った。

「そんなことは大丈夫だよ。僕ら姉兄弟は争うようなことはしないよ」

「そうよ、ママ、そんなこと心配しなくても大丈夫よ」

「でも、相続のことになると、兄弟姉妹間の争いもあるっていうからね。それには遺言書を書いておくと良いとか聞くけど、ジョニーどうなの？」

「別に、遺言書を書きたいのであれば書けばいい。書く、書かないは、本人の意思の問題だよ。遺言書があれば、それに従って、相続の手続きをする。なければ、僕ら姉兄弟が話し合って相続の手続きを進める。僕も姉貴も兄貴も、財産で揉めるなんてことはしない。仲が良いし、僕らはそんなに財産欲はないから大丈夫だよ」と僕は言った。

「あなたはすぐに『あれ買って、これ買って』とか言って欲張りだから」と母が言う。

「そんなのは小さい頃に『グローブを買って欲しい』と言ったぐらいのことだろう。今は、一応、仕事もしているし住む家もあるから、それ以上、欲しいものも特にないよ。ただ、これから、いかに楽しくイキイキと生きていくか、それが問題。お金の問題じゃないよ」

「とにかく、私が死んだあと、ジョニーがちゃんと手続きとかやってね。お姉ちゃんやお兄ちゃんよりも、あなたの方がそういう手続きには詳しいのだから……」

「わかった。三人で協力してやるから心配いらないよ」僕は言った。

「頼むわよ」と母。

「それじゃあ、そろそろ帰る」と僕は言って、帰り支度をした。母と姉に「では、また」と挨拶をして家路についた。

8回裏　幼少期の夢と宇宙

十二月の第一週の土曜日、この日は、今シーズン最終戦となる野球の試合。冬の寒い日だが、天気は晴れていて試合をするのに何の問題もない。ユニフォームなどの入ったリュックを背負って電車に乗りグラウンドへ向かう。毎週、土曜日のお決まりの行動。この日は大田区のグラウンドでの試合。

試合開始の十分ぐらい前にグラウンドへ入り、僕はトムとキャッチボールを始めた。以前、中学生の頃にやっていたような長い距離を遠投するようなことは、最早できない。今はその半分ぐらいの長さか。それでも、キャッチボールは楽しい。しっかりと会話するように、良いボールをトムの胸を目掛けて投げる。トムからも僕の胸辺りに良いボールが返ってくる。

「トム、今日も良いボールが来ているな。この歳でたいしたものだ」と僕は言う。

「ジョニー、オマエもこの歳で毎試合のようにキャッチャーをやるのだから、たいしたものだ」と横からジョーが言う。

「まぁ、でも、慣れたポジションだから、キャッチャーをやっているのが一番楽だよ」と僕。

「今シーズンも最後の試合。とにかく、怪我しないように楽しもう！」トムが言った。

この日の試合、相手はやや若めで元気のありそうな精鋭軍団だ。油断はできないチームとの印象。

初回、先攻の我がチーム、フォアボールや相手のエラーもあり一点を先制。一点のリードで緊張感を持ち、トムは丁寧な立ち上がりで、危なげないピッチング。

すると、三回、我らチームにビッグイニングが来た。相手ピッチャーの乱れもあったが、満塁のチャンスを作ると、打席に立ったジョーが、走者一掃の二塁打を放つなど、この回は合計で五点を奪った。

こうなると守りにおいても、攻めの守りをできる。攻めの守りというのは、要するに、ピッチャーがバッターを攻める気持ちでどんどんとストライクを投げ込む、ということだ。右バッターにはインコースのストレートでどんどん攻める。その打球は、力のないサード、ショートへのゴロやフライでアウトを重ねる。

左バッターにはアウトコースのチェンジアップとインコースぎりぎりのカーブを駆使して内野ゴロに仕留める。トムと僕のコンビネーションも冴《さ》えた。

こちらは、ジョンと僕にもタイムリーヒットが出るなど、大量点を奪い快勝だ。

快勝のあとは生ビールで乾杯！ 今シーズン、何度目の勝利だろう。寒い冬でも、暖かいお店で皆と飲む生ビールの味は格別だ。

「トム、今日はナイスピッチング！ 丁寧に良いコースを投げていたよ。今シーズン最終戦で見事な勝利。トムのおかげだ」と僕は言った。

「いやいや、今日は大量点を取ってくれたから。今日の試合は、バッティングの勝利だろう」とトム。

「まぁ、投打の主役が活躍したから、勝って当然の試合ということか」ミッキーが言った。

「いずれにしても、勝ちは良いなぁ。勝ったあとのビールは最高だよ」とジョー。

「ジョーの走者一掃のタイムリー、大きかったなぁ」と僕。

「まぁ、あれで勝負が決まったからね」とジョンが言う。

「今日はヒットを打てなかったけど、試合には勝てた。野球やっていて良かったよ。生きていて良かったよ」とミッキーが言う。

「オマエ、もう、酔っ払っているのか？　でも、その通りだな。野球をやっていて良かった。生きてきて良かった……」とトムもしみじみと言った。

こんな感じで、僕らの週末、土曜日は、日々の憂鬱な仕事の気晴らしになり、普段の繰り返しの毎日の気分転換となり、生き甲斐にもなっていた。皆での打ち上げも盛り上がって、誰もが良い気分で家路についた。

この年の冬、僕は妻とニューヨークへ旅行する計画を立てていた。姉の結婚式の時に訪れたニューヨーク、そして、銀行員の時に勤務した地を久しぶりに訪れたいと思った。

クリスマスイブの夕刻、成田国際空港を出発する便を予約しており、空港へは早めに着いた。

「久しぶりに飛行機に乗れるよ。嬉しいね」と妻は子供のように言う。

「ああ、そうだね」

「私、色々とお店を見て来るから」

「わかった。じゃあ、搭乗時間の十分ぐらい前に、搭乗のゲート付近で待ち合わせということで」と僕は言い、妻は頷《うなず》いて歩き出す。

僕も空港内のショップをうろうろしたが、特段買いたい物もなく、早めに搭乗ゲート付近に行って座っていた。丁度夕暮れ時で、西の方の空の夕日が美しかった。

搭乗の時刻が近づき、妻もゲートに来た。海外旅行に行く時、搭乗までの待ち時間、飛行機に乗り離陸するまでの待ち時間、そして、離陸してから飲み物や食事が出てくるまでの待ち時間、そんな待ち時間までもが楽しく感じられる。

窓側に座った妻は、「ほら、動き出した！」「ほら、飛んだ！」と、いちいち子供のように声を上げる。

まぁ、いいではないか。これらが全て、海外旅行の楽しさなのだ。

ニューアーク・リバティー国際空港へ向けて飛行機は飛び立った。

「ニューヨークのクリスマス、楽しみだね。どこか行きたいところはあるの？」と妻が聞いてくる。

「とりあえず、メトロポリタン美術館へは行きたいと思う。あとは、地下鉄で行けるところに行き、街をぶらぶらしていればいいよ」と言った。

「街をぶらぶらといっても、かなり寒いよ」と妻。

「まぁ、それは状況を見ながら。君は行きたいところはあるの？」と聞く。

するとと妻は、旅行のガイドブックにポストイットを付けたページを僕に見せ、買い物をしに行きたい店を次々と話していた。

「僕も来年、六十歳になる。今後の生き方を考えないと」そう言って、話題を変えた。

「まぁね。でも、まだまだ働いていかないとダメでしょう？　私も六十五歳までは勤めるつもり」

「別に、すぐに勤めを辞めようとは思っていないよ。ただ、これからは、もっと自由に、本当に自分のやりたいことをやって生きていきたい。そう思わないか？　君はやりたいこととかないのか？」

「そりゃあ、自分の好きなことをやって、自由に生きていければ良いけど、好きなことばかりやっていて生きていけるものでもないでしょう。例えば、好きな海外旅行ばかり行っているわけにもいかないわ。お金もすぐになくなるし、飽きてしまう」と妻が言う。

「確かにそうだね。自分のやりたいことが、例えばゴルフとかいう人もいるかもしれないが、定年退職して平日もゴルフばかりやっていてもすぐに飽きることになりそうだ。映画を観るにしても同じだろうね。毎日、毎日は続かないだろう……」僕は言った。

これから何をやるか、考えてもなかなか良い考えは思いつかない。うとうとして僕は少し眠ったようだ。

十一時間以上のフライトの後、ニュージャージー州にあるニューアーク・リバティー国際空港に着く。気温はマイナス十度ということ、かなり寒そうだ。

入国手続きは比較的順調に進みスーツケースを受け取ると、電車でペンシルベニア駅へ向かった。

ホテルはタイムズスクエアのところにあり、ペンシルベニア駅に着くとホテルまでは歩くことにした。

クリスマスシーズン、タイムズスクエアの人込みを、僕はスーツケースを大小二つ、妻も大きなスーツケースを一つ引いて歩くのは少し大変だったが、歩けそうな隙間を見つけながら必死に歩いた。

気温マイナス十度の中だったが、ホテルに辿り着いた時は、そのような寒さは最早通り越していて、ダウンジャケットの下は薄らと汗をかいていた。

ホテルでチェックインを済ませて部屋に荷物を置き、少し休んでから近くのレストランで夕食を取った。クリスマスシーズンのニューヨーク旅行ということで、僕は姉の結婚式で初めてニューヨークに来た時のことを思い出した。

レストランで、「明日はどこに行こうか？　どこか決めている？」と妻が聞いてきた。

「明日はクリスマスだから、お店などはほとんど閉まっているね。ロックフェラー・センターの辺りなどミッドタウンをウロウロするぐらいかな。ダウンタウンを散策するのもいい」と僕は言った。

「ところで、あなたは何故、ニューヨークに来たいと思ったの？」と妻が聞く。

ニューヨークに来たいと思った理由は、いくつかあった。ただ、その一つ一つを説明してもしょうがないと思った。それで、「僕の野球の原点とも言える、ベーブ・ルースが昔ニューヨーク・ヤンキースで活躍していたからだよ」とだけ言った。

「あなたの野球の原点がベーブ・ルースなの？　そんなことは初めて聞いたわ」

「それは、小学校の低学年の時、学校で図書の時間というのがあった。その時、僕はいつも図書室で『ベーブ・ルースの伝記』という本を読んでいた。それで野球を好きになっていった」と話した。

「そうなの。でも、今は野球の季節ではないし、そんなに野球が好きなら、夏に来れば良かったのに……。それに、大谷翔平選手ではないのだから、『ベーブ・ルースが野球の原点』なんて、他人様の前では言わない方がいいわよ」と妻に注意までされた。

「それもそうだ……」

「まぁ、どうでもいいわ。私も、色々と買い物をするのが楽しみだし、レストランでの食事も楽しみだし、ニューヨーク旅行には大賛成だったから」と妻は言った。

僕らは美味しく食事をいただき、ビールを飲み、良い気分でホテルの部屋に戻って、寝た。

翌日、十二月二十五日、クリスマスの日。地下鉄でダウンタウンに行き、アメリカ同時多発テロ事件で被害を受けたグラウンドゼロ、9・11メモリアル記念館へ。亡くなった方々に祈りを捧げ追悼。その後は、ウォール・ストリートからバッテリー・パークを散策し自由の女神を眺めた。

午後、ミッドタウンに戻り、ロックフェラー・センターのクリスマスツリーを見て、ミッドタウンを散策。

夕刻、予約していたステーキハウスへ行った。クリスマスの晩、多くの人たちでレストランは賑わっていた。

赤ワインのボトルを一本、フィレステーキとリブアイステーキ、そしてブロッコリーやクリームスピナッチなどの野菜を注文した。姉の結婚式の時に、両親、兄とステーキハウスに行った時とほとんど同じようなメニューだ。

ワインをいただいていると、間もなく、ブロッコリーやステーキが運ばれてきた。フィレステーキ、リブアイステーキ、共に絶品。妻も僕も大満足のクリスマス・ディナーだった。

翌日はメトロポリタン美術館へ行く。僕も妻も美術に深い造詣があるわけではないが、美術館は好きだった。

それぞれが自由に好きな絵や彫刻などを鑑賞して、約二時間後に、美術館内のフードコートで待ち合わせ、そこで昼ごはんを食べた。

メトロポリタン美術館を出ると、「アメリカ自然史博物館まで歩こう」と僕は言い、セントラル・パークを横断して歩いた。

歩きながら、「僕らも還暦を迎えるが、これからどうしていくかなぁ？」と僕は言った。

「また、その話？」

「『好きなことだけやろうとしても、お金だけ掛かって、すぐに飽きる』と君が言っていたが、その通りだと思った。まだ勤めるのが良いのか……。なかなか良い考えは浮かばない」と僕。

「まだ働けるのだから、会社で働いていればいいじゃないの」

「働くのはいいけど、もう少ししたら会社も辞めなくてはいけなくなる時も来る。その時のことを考えておいた方が良いと思って……。君はそういうことを考えないの？」と僕は、飛行機での会話と同じようなことを聞く。

「考えてもしょうがないでしょう。毎日、平穏無事に暮らしていけるのであればそれが一番。時々、旅行にも行って。それで何が不満なの？」

「不満というより、何か、こう、やり甲斐を持って生きていった方が良い。トムは、『小説を書く』と言っていたよ」

「あら、そう。じゃあ、あなたも小説を書いたらいいじゃない。あと、野球をやっていれば」と妻はどうでもいい、という感じで言う。

「野球は、体が動く限りやるよ。トムは、中学生の時に、医者になることと小説家になることを将来の夢と言っていた」

「それは良いヒントじゃない。あなたも小さい時に抱いていた夢を今から追えばいいじゃない」

妻が真面目に言ったのか、ふざけ半分で言ったのかわからなかったが、僕には一つの良いヒントになったように思えた。

しばらく歩き、アメリカ自然史博物館に着いた。そこには、アメリカや世界の動物の標本などがダイナミックに展示され、恐竜のコーナーがあり、世界各地の民族や文化に関する展示があり、そして、宇宙関連の展示がある。見どころ満載だ。

宇宙関連の展示コーナーを見ていた時、僕は小さい時の自分の夢を思い出した。そう、アポロ11号のテレビ中継を見て宇宙飛行士になる夢を持ったこと、宇宙に興味を持ち天体望遠鏡を祖父母に買ってもらい、天文学者になる儚い夢を一瞬抱いたことなど。

「小さい時に抱いた夢……、宇宙のこと、勉強してみるのも面白いかも」旅先で、こんなことを思っていた。

次の日からは、妻がお望みの買い物にお付き合い。妻は、コートや靴、キッチングッズなどなどの買い物を充分にして、満足な様子。

この旅行、最後の晩ごはんは、グラマシーのインド料理のレストランでチキンやマトンのカレーをいただいた。赤ワインと共に。

「ニューヨーク、楽しかったね」と妻。

「ああ、楽しかった」と僕は言う。本当に楽しいと思って僕はそう言った。

「何か素っ気ない言い方ねぇ。本当に楽しかったら、もっと楽しそうに言いなさいよ。

ところで、何が一番楽しかった？」と妻は聞いてくる。

「全てが楽しかったよ。ステーキハウスも良かったし、メトロポリタン美術館もアメリカ自然史博物館も……」

「アメリカ自然史博物館は良かったと私も感じたわ」

「どこが良かった？」と僕は聞いた。

妻は少し考えて、「恐竜のところは良かった。あと色んな動物の標本も迫力があった」

「なるほど。確かにそうだね。僕は、あそこで宇宙関係の展示があり、そこで子供の時に描いた夢を思い出したよ。宇宙飛行士になるか、天文学者になりたいという」

「そう」と妻は関心ない感じで一言。そして、「そういえば、今日、あのバッグ、買えば良かったかなぁ」と話題を変えた。

「バッグの話ではなくて、子供の時の僕の夢の話。小さい時、僕の興味の対象は専ら野球、ベースボールだった。しかし、宇宙飛行士か天文学者になりたいと思ったことがあった。そのことを、アメリカ自然史博物館で思い出していた」と僕は言った。

「宇宙に興味があるのなら、その研究とか、色々とやってみればいいのに。インターネットでも本からでも、色々と調べ、知識を深めることはできるわ」

「確かにその通りだ……」妻も、僕の言っていることなどどうでもいい、みたいな言い方をしているようにも感じられるが、意外と的を射たことも言っている。

「自分の好きなことばかりやっていて生きていけるものでもないでしょう……」と言われて、その通りだと納得した。

「平穏無事に暮らしていければいい。時々海外旅行に行って……」まぁ、毎日、美味しいごはんを食べて、静かにベッドで寝られること、それは幸せなことだ。

「あなたも小さい時に抱いていた夢を今から追えばいい……」なるほど、今まで抱いてきた夢を今からでも追ってみるのも悪くない。

「宇宙に興味があるのなら、その研究とか、色々とやってみればいい。インターネットでも、本からでも」確かに、やろうと思えば何でもできそうだ。

そんな、この旅行での妻の発言に、僕は、少しばかりの光明を見出したような、そんな感じがしていた。

翌朝、五時半に僕らは起床し、六時半にはホテルをチェックアウトしてペンシルベニア駅まで歩き、電車でニューアーク・リバティー国際空港へ向かった。

空港には早めに着き、出国の手続き等を終えると、免税店などを見て搭乗までの時間を待った。空港内のショップ街に、妻が前日、バッグを買おうとして、結局、買わなかったバッグと同じ物が売られていた。妻はそれを手に取り、買うべきか、買うのを控えるべきか悩んでいた。

「そんなに悩んでいるのなら、買えばいいのに」と僕は言った。

「そう？　どうしようかなぁ……」と妻は悩み続ける。

「それじゃあ、僕が買うよ」と言って、店員には購入する旨を告げて、支払いの手続きを済ませた。

「ありがとう」妻は言う。かなり喜んでいた。よほど欲しかったようだが、他に買い物をし過ぎたと思い、我慢していたのだろう。

僕にしてみれば、この旅行中に、何気ないアドバイスを妻がしてくれたお礼の気持ちがあった。ニューヨークへ来た理由は、今後どうしたいのか決めるためだったのかもしれない……、そんなことを思いながら、帰国の機内で一眠りした。

9回表　僕らの夢とベースボール

年が明け、例年のように一月の第三週から試合を開始した。だが、今シーズンは六試合やって、既に五敗。まだ一勝しかしていない。六十歳になるシーズン、なかなか調子が上がってこない。

三月の第二週、練馬区のグラウンドでの試合だ。十二名が集まり、三名は指名打者。僕らのやる草野球は、相手のチームや審判の人とも合意した上で、基本的に来た人は全員が打席に立つことにしている。十五人ぐらい来ることもあり、そんな時は、なかなか打順が回って来ないが、それはしょうがない。

晴れた気持ちいい天気だ。「おはよう」僕は、先にグラウンドへ来ていたジョンとミッキーに挨拶した。

対戦相手は、以前も何度かやったことのあるところ。この試合、先発ピッチャーはトム、キャッチャーは僕というバッテリーだ。

相手チームの先攻で試合が始まった。トムは、相手一番バッターと二番バッターにヒットを打たれ、三番バッターにはフォアボールを与え、いきなりノーアウト満塁のピンチになる。

四番はセカンドゴロで、ホームフォースアウトでワンアウトを取った。次のバッターも内野ゴロだったが、こちらにミスが出て二点を入れられた。その後もヒットを重ねられて、初回に五点を奪われてしまった。

二回以降、トムは立ち直って点を与えない。しかし、こちらもなかなかランナーも出せず、ゼロが続く。

四回の表に相手に二点の追加点を取られた。その後、こちらはヒットが二本出たが、結局、七回まで点を取れず、ゼロ対七で負けてしまった。

クリーンアップのジョー、ジョン、トムともノーヒット。僕、ミッキーにもヒットはなかった。完敗だった。こういう日もある。

試合後、グラウンドの近くにある中華料理店へ行き、そこで打ち上げだ。試合には負けたが、生ビールに餃子、麻婆豆腐、唐揚げなどを威勢よく頼み、次々に平らげていく。

まだ、寒さの残る季節ではあるが、試合後のビールは勝っても負けても美味い。

「今日は打てなかったなぁ。完敗だ。トムも、初回こそ五点取られたが、エラー絡みで取られたもの。トムの調子は悪くなかった」と僕は言った。

「相手バッターもよく打つ。前は、あんなに打つチームでもなかったと思うが……」とトム。

「確かにそうだけど、新しい、若い人が加わっていた。メンバーがだいぶ入れ替わった感じだったなぁ」ジョンが言う。

「とにかく、二安打じゃあどうしようもない。オレたちロートル組は、誰もヒットを打っていないわけだから……」とジョー。

「また来週頑張ればいい。楽しく飲もう！」明るくトムが言った。

「そうだ。その通り。来週だ、来週！」ミッキーが応じた。

その後も皆で盛り上がり、最後に炒飯と焼きそばを食べ終えて、会はお開きとなった。

その翌週、僕はトムとワールド・ベースボール・クラシック（ＷＢＣ）の準々決勝、日本対イタリア戦を観に行った。一塁側ベンチの後ろの方の席。中学三年生の時にトムと行った巨人対シンシナティ・レッズの時と同じような場所の席だった。スタジアムは、当時は後楽園球場、今回は東京ドームだけど。隣にトムがいて、この位置から観る野球、当時がダブった。

日本は、中心選手が活躍して勝利した。これら中心選手たちの堂々とした体格、姿は、当時のピート・ローズ選手やジョージ・フォスター選手、ジョニー・ベンチ選手らの姿に引けを取らないと感じた。

その後、日本チームはアメリカ、マイアミに渡り、準決勝の日本対メキシコ戦に村上宗隆選手のサヨナラヒットで勝つ。決勝はアメリカ相手に、最後は大谷翔平選手がマイク・トラウト選手を三振に仕留めて勝利した。野球、ベースボールで久しぶりに心が大きく揺さぶられるような感動を味わった。

その少しあとの週末、僕とジョンとミッキーは、ジョーに誘われて、彼の持つ別荘へ行くことになっていた。トムは仕事の都合で参加できなかった。

金曜日が来て、僕とジョンとミッキーはジョーの運転する車に乗り、彼の別荘へ向かった。

ジョーの別荘では、一晩目に焼肉、二晩目にすき焼きを食べようということで、ジョーが肉を準備してくれていた。途中のスーパーで、野菜や飲み物、その他の食材などを大量に購入して、別荘へ向かう。途中、浅間山が綺麗に見える。

「浅間山といえば、あさま山荘事件は衝撃的だった。テレビでずっと観ていたよ」ジョンが言った。

「オレも観ていた……」とジョー。

「あさま山荘事件が起きた頃、初めてラブレターをもらった思い出がある」僕は言った。

「何だ、それ？　そんな話、初めて聞いた」とジョン。

「確か、僕はあの頃からラーメン好きが始まったよ」ミッキーは笑って言った。

「オマエ、いまだにラーメン屋通いを続けているのか？」ジョーが聞く。

「ああ、今は週に三回ぐらいに減ったけど……」とミッキー。

そんなことを車の中で話していると、間もなく、ジョーの別荘に到着した。

荷物を一度入れたあと、近くの温泉に行き風呂に入った。

別荘に戻ると、皆で手分けをして夕飯の準備を進める。ミッキーとジョンが手際よく野菜を切り、盛り付けをした。僕とジョーは準備されたものを食卓に並べる。

食事の準備が整うと、ビールで乾杯し、次々と肉を焼いていった。

「美味い肉！　極上だね！」とジョンが叫ぶ。

「確かに美味い」僕もつい一言、発した。

「どんどん食べてよ」とジョーは言って、ミッキーや僕に肉を取り分けてくれた。

ワインを開けて改めて乾杯し、極上の肉をいただく。

「美味い肉に赤ワイン、最高だね」ジョンが言う。

「ジョーのおかげで最高の休暇だ。こうやって、昔からの仲間と美味しいワインを飲み、美味しい肉を食べて、幸せだ」と僕。

「そうだな。中学一年から一緒に野球をやって、今も一緒に野球をやり、そして一緒に美味しい食事をする。オレたちは恵まれているかもしれないな」ジョンは言った。

「オレたち、出会ってからもう四十七、八年ぐらいか……。」ジョンの言うようにオレたちはラッキーだ」とジョー。

「しかし、今回はトムが来られなくて残念だった。次は、トムにも来て欲しいなぁ」と僕は言った。

「トムも仕事が忙しいのかな。でも、彼は今年、医者の仕事から引退するか、仕事を減らして作家になると言っていた」とミッキー。

「彼は、いつも、目標が具体的でそれをちゃんと実行するからなぁ。彼なら、一度言ったことは、多分、やるだろうね」ジョンは言った。

「そういえば、WBC準々決勝の日本対イタリア戦をトムと東京ドームで観戦してきたよ」と僕は言った。

「そうか。それは良かった！　その後の準決勝、決勝と最高に盛り上がった。最後、大谷翔平選手が投げ、マイク・トラウト選手が打席に入った場面は、本当に、映画か漫画のようなシーンだったなぁ……」とジョン。

「日本対メキシコ戦での村上宗隆選手のサヨナラヒットも素晴らしかった。吉田正尚選手のホームランも、うまく掬《すく》い上げた。あの打ち方を見て、打った瞬間、切れないと思った。すごいテクニックだ」とジョー。

「本当に良いものを見させてもらった。たくさんの子供たちが感動し、野球をやる子供も増えると思うが、僕ら、初老のベースボールファンにも大きな感動を与えてくれたね」と僕は言った。

野球の話題を中心に盛り上がり、美味しい肉にワインを存分にいただき、初日の会は終了。

翌日は、皆で山を歩いた。

夕刻、ジョーの別荘に戻り、それぞれが手分けをしてすき焼きの準備をする。

食事の用意も整い、ビールで乾杯。ジョーが「さぁ、食べよう！」と言って、僕らはすき焼き肉を一口いただく。

「美味い！　最高の肉だね」と僕は言った。

ジョンもジョーも肉を生卵につけて、美味しそうに口に運ぶ。野菜や焼き豆腐なども入れて、しばし無言で食べることに集中していた。仲間と食べるすき焼き、至福の時だ。

「美味しいねぇ！　日本に生まれてきて良かったよ」ミッキーが言った。

「本当に良い肉だね。ジョーに感謝だ！」と僕は言う。

「さぁ、ワインも開けよう！」とジョンは言って、栓を開け、皆のグラスにワインを注いだ。

「改めて、乾杯！」ジョーの掛け声で、僕らはグラスを鳴らした。

「オレたちも、今年、六十歳。皆、これからどうするか考えるよなぁ。トムのようにスパッと割り切れない」とミッキーは言った。

「オレは、多分、この半年以内に会社を辞めるよ。いずれは辞めてくれと言われる時が来る。その前に、自分から辞めると思う」とジョン。

「辞めて、何をやるか、ジョン、考えたの？」とジョーが聞いた。

「前も言った通り、辞めてからのんびりと考えればいいかな……と。ジョニーはどうする？」とジョン。

「僕は、とりあえずはもう少し勤める。昨年末、ニューヨークに行った時も、これからどうしようかと考えていたが、そんなに良いことも思い浮かばない。とりあえず、平穏無事に暮らしていけるように努めて、あとは昔からの夢など、色々と追ってみようと思うよ」と僕。

「夢って、何？」とジョーが聞いてきた。

「それは色々あるよ。だいぶ昔の夢は知っているだろ？」と僕は冗談半分で言った。

「知らないよ。何だ、それ？」とジョー。

「わかった、天文学者だろ！」とジョンは言う。

「正解。さすがジョン！　覚えていたな」と僕。「まぁ、天文学者は冗談として、宇宙関係の面白そうな本を読んでみようと思っているよ」と僕は言って、笑った。

「ミッキーは、どうする？」とジョーが聞く。

「僕ももう少しは勤めたいと思っているよ。会社を辞めても暇になりそうだ」とミッキー。

「僕らの野球も、あと何年ぐらい続けられるかなぁ……。できる限り、続けたいけどね」と僕が言った。

「まぁ、わからないけど、野球が無理になったら、ゴルフでも山歩きでもいいよ。この仲間でできれば」ジョンが言う。

「そうだね。野球、ベースボールは、仮にオレたちがプレーできなくなっても、皆と一緒にＷＢＣをテレビで観て応援すればいい」とジョーは言った。

「それは良いね！」ミッキーが同調する。

「次のＷＢＣ、できることなら、皆でアメリカまで行って観戦したいなぁ！」と僕は言った。

「それは良い！　賛成！　それを楽しみにこれから生きるぞ！」とジョー。

「それを励みに頑張ればいい」ジョンは言った。

美味しいすき焼きに、この晩は、四人で何本のワインボトルが空になっただろう。僕は、テーブルに顔を伏せてしばし眠っていた。

翌朝、掃除や洗濯を手分けしながらやって、昼前に別荘をあとにした。

９回裏　最高の仲間

六月になり、蒸し暑い日も増えてきた。土曜日が来て、今日も野球。江東区のグラウンドでの試合だ。

毎週、毎週、バッティングについては色々と考える。バットは少し短く持ってみようとか、スタンスの時に後ろ足にばかり体重を乗せ過ぎない方がいいとか、ステップはノーステップにしてみようとか、手の引き方とか……。

小学生の時から、バッティングについては、ああした方がいい、こうした方がいい、と考えを巡らしてきた。今も同じ。考えている内容も小学生、中学生の時からあまり変わらない。

あっちのフォームを試したり、こっちのフォームを試したり、いつも考えがぐるぐる回ってなかなか定まらない。

うまくタイミングを取って、綺麗に振り出して、バットの真芯をボールに当ててミートする。体には力が入らないで自然に回転する感じが良い。左中間方向へライナーで大きな当たりを打つことを目指す。

更衣室で着替えていると、ジョンとジョーがやって来た。そしてこの日は、デーブやスティーブ、レジーにロバートも久しぶりの参加だ。六十歳になった者もいれば、そろそろの者もいる。何れにせよ年度中には還暦。そんな同級生で九人が揃った。

そこに若手三名が加わってくれて、総勢十二名で試合に臨む。

僕らチームの先攻で試合は始まり、一回表、僕らは無得点。

一回の裏、この日もトムが先発ピッチャーとしてマウントに上がった。トムの調子はいつもと変わらず上々と、僕には思えた。一番バッターの初球を投げた時までは。

しかし、一番バッターは、二球目のチェンジアップをものの見事に弾き返し左中間へのツーベースヒットを放つ。その後も、連打を浴びてあっという間に三点を先取された。その後、三振とピッチャーゴロで二つアウトを取ったが、次のバッターのセンターフライをレジーがエラーしてしまって、また点を取られる。その後もヒットを続けられて、結局、初回に十点を奪われた。

トムがここまで続けて打たれたことはあっただろうか。思い出す限り、中学生の時、都大会に出て一回戦でボロ負けしたあの試合以来ではないだろうか。

ただ、あの時みたいな力の差を感じる相手でもない。その証拠に、二回以降トムは立ち直り点を取られない。

逆に、僕らチームは、二回表にレジーのタイムリーヒットで二点、三回にジョンと僕のタイムリーヒットなどで五点、そして六回表にはジョーにもツーベースヒットが出るなど三点を入れて、とうとう十対十の同点に追いついた。トムは、完全に復調して、六回の裏も三者凡退で退けた。

七回表、僕らチームは、三塁までランナーを進め勝ち越すチャンスを作ったが、残念ながら勝ち越すことはできなかった。

その裏、一回以外は六回まで快調なピッチングをしてきたトムだったが、相手先頭バッターに投げた初球のストレートを、ものの見事にジャストミートされて、レフトオーバーのホームランを打たれてしまった。惜しいところまで行って、サヨナラ負けとなった。

サヨナラ負けといえば、中学生の時の最初の大会……、初戦だった。あと、練習試合だったが、トムが力尽きて押し出しフォアボールで負けた試合、その二試合が僕の記憶には残っていた。

草野球をやっていてサヨナラ負けをしたことがあったのかどうか、僕は覚えていない。久しぶりにサヨナラ負けを喫したという思いだった。

ただ、今日の試合の負けに、中学生の時に感じたような悲壮感はなかった。寧《むし》ろ、ゼロ対十から追いついたこと、諦めずに追いついたことに喜びや爽快感を覚えていた。皆が、そんな気持ちで笑顔だった。

試合後、僕らは焼き肉屋に行った。

「さぁ、ビールで乾杯だ！」トムが威勢よく言った。よく冷えた生ビールは最高に美味かった。「ジョー、どんどん肉を注文しよう！」トムが続けて、明るく言った。

トムは、昔から僕や仲間たちが落ち込んでいる時も、話を聞いて前向きになる言葉を掛けてくれた。トムの眩《まぶ》しい笑顔にいつも救われていた。トムの笑顔を見ると自然と元気が湧いた。トムは僕にとっても、皆にとっても太陽のような存在だった。

「今日は、珍しく連打を喰らったなぁ。トムがあんなに続けて打たれたのは初めてじゃないか？」と僕は言った。

「そうだな、オレもめんなに連打されたことはないと思う。全員が、鋭いスイングだったわけではないけど、よく打たれた。どんな相手でも、勢いに乗ると止めるのは難しいね」とトム。

「そんなにいい当たりではなくても、どういうわけかヒットゾーンに飛んで行っていた」とジョーは言った。

「まぁ、でも、そのあとはちゃんと抑えて、よく同点まで追いついたけどねぇ……」とミッキー。

「だから、ナイスゲームだったと思うよ。最後はホームランを打たれてしまったけど、良い試合だった。そんなに悔しさもないし、何だか爽やかな気分だよ」とトムは言った。

「トムがそう言ってくれると、何だかこっちも爽快な気持ちになってくる。さぁ、肉をもっともっと頼もう！」とジョンが言い、負け試合のあとではあったが、皆が明るく盛り上がった。カルビ、ハラミにロース、それにサンチュやキムチにナムルなど、大変美味しく、何杯も皆がビールを注文し、色んな話をし、楽しい宴会になった。まぁ、毎度のことだけど。

焼き肉の宴会が終わり、僕は、トムと二人で飲みたいと思い、トムに「二人でもう一軒、ワインでも飲みに行かないか？」と誘った。実は、翌日がトムの六十歳の誕生日だった。

「いいよ。行こうか」とトムは言って応諾した。

トムと僕は、東京駅付近でワインを飲めるお店に入った。そこで赤ワインのボトルを一本とチーズやナッツなどのつまみを頼んだ。

「トム、明日は六十歳の誕生日だな！　おめでとう！」と僕は言って乾杯した。

「おお、サンキュー。オレの誕生日なんか、よく覚えていたなぁ」

「十五歳のトムの誕生日に、僕はキャッチャーをやっていて骨折の怪我をした。トムの誕生日の日は忘れないさ」

「そうか。そうだったな……」

「僕らも六十歳になり、草野球をやり出してからは二十年ほどだが、もう五十年近い付き合いだ。トムの球をキャッチャーとして受け出してから四十七年か。今も毎週、楽しく野球をできて幸せだ」と僕は言った。

「本当だ。中学一年の時、オレはジョニーに『キャッチャーをやらないか』と言った。それは今も覚えているよ。あの頃は野球人気がすごかった」

「皆が野球を好きだった。広いグラウンドで野球をできること、それが夢だった」

「オレはエースになって、ジョニーやジョンやジョー、ミッキーと強いチームを作りたいと心の底から思っていた」

「僕はこの仲間がいれば良いチームになると思ったよ」

「しかし、オレたちがチームの中心になってから、練習試合でも大会でもここという時には負けて、苦労した……」とトムが言う。

「いいところまでいきながら、惜しくも負けてしまうことが多かった。詰めが甘かった」と僕。「でも、それを乗り越えて、最後の地区大会では優勝できて最高に嬉しかった。トムとバッテリーを組んでキャッチャーをやっていて楽しかったよ」

「しかし、そのあと、皆、野球をやめてしまった」

「あの仲間と中学野球部で一緒にやれて良かった」僕は言う。

「そうだな。その仲間と六十歳になる今も一緒に野球やっているのだからなぁ」

「本当だよ。なかなかすごいことだと思う。野球のおかげ、野球で結ばれた」

「今年、ジョニーとWBCの日本対イタリア戦を観に行ったが、その大会で日本が世界一になり野球は盛り上がった。改めて野球は面白いと思った」とトム。

「WBCは楽しませてもらった。超一流の選手同士が、真剣に勝つことに拘《こだわ》って全力プレーをするから面白い。東京ドームでのあの席、中学の時、トムに誘ってもらって行った、後楽園球場での巨人対シンシナティ・レッズの試合を思い出した」

「あの時は、アメリカ人は大きいし、力もあって、すごいなぁ……、と思ったけど、今の日本選手は、アメリカの選手に負けていない」

「WBCでは、僕らもものすごく感動をもらったけど、子供たちには本当に良い影響があっただろうなぁ。子供たちには夢を追いかけて欲しい」僕は言った。

「夢といえば、オレたちが中学生の頃、大人になったら何になりたいか話したのを覚えているか?」とトム。

「ああ覚えている。トムが、医者、作家、それと学校の先生になりたいと言っていた」

「ジョニーは、天文学者だ」

「あれは、半ば冗談で、あの時はなりたいものがわからなかった」

「ジョンは『海外で働きたい』と言い、ジョーは『弁護士か会社社長』と言った。ミッキーは何だったか、多分、会社員みたいなことを言った」

「確か、そんな感じだ。僕以外は皆、ちゃんと夢を実現しているなぁ……」

「オレも学校の先生からは外れている。でも、小説を書いていきたいという気持ちはある」

「僕も宇宙のことに関心がなかったわけじゃないけど、実は、あの頃、まだ夢に思っていたのはプロ野球選手だった。それを言えなくて、照れ隠しで天文学者と言ってしまった」

「プロ野球選手になりたいという夢は、オレも持っていたし、多分、ジョンやジョーも、そしてミッキーも多少は持っていたと思う。ただ、残念ながら、あの時はもうプロ野球選手になるのは無理だと思っていた。しかし、今、こうやって毎週のように野球ができている。これも一つ夢がかなったみたいなものだ」

「確かにそうだな。楽しんで野球をやっている。それは素晴らしい。野球部をやめたあと、色々と考え、悩み、海外で働くことが夢となった。ジョンより何年か遅れてね」

「ジョニーも、そうやって夢を描いてかなえてきたのだからたいしたものだ。でも、まだまだ人生は続く。これから、また新たな夢へ挑戦だよ！」とトムは相変わらずの前向きな発言。

「トムの言う通りだ。トムは、作家に挑戦していくわけだからなぁ。そこに、何か、きっかけはあったのか？」僕は聞いた。

「きっかけ、それは年齢かな。この年齢になって、色々と考えて、小説に書く題材がおぼろげながら見えてきた感じだ」

「なるほど。トムは偉いよ。ちゃんと目標があって、それを口にして実行していくわけだから……」

「別に、偉くも何ともない。自分がやってみたいと思うからやるだけだ。小説は書いてみるが、うまくいくかどうかはわからない。ただ、書いてみたい。作ってみたい。そういう夢があるだけだよ」

「そういう夢があるのが良い」

「ところで、ジョーの別荘はどうだった？」とトムが聞いた。

「立派な別荘で、ワインと肉の祭りという感じで楽しかったよ。次は、トムも必ず参加した方が良い」

「そうか、それは良かった。本当、今回は残念だった。次回は絶対に参加するよ」

「その時、ＷＢＣの話題で盛り上がった。そして、次のＷＢＣの決勝戦、僕ら仲間でアメリカへ行って観戦しようということになった。トムもな！」

「もちろん参加するよ。それはまた素晴らしい夢だ！　それを楽しみに、これから頑張ろう！」トムが言った。

あとがき

二十歳ぐらいの時のことですが、「小説を書いてみたい」、「将来は小説家になりたい」と夢を持ったことがありました。

しかし、書いてみたいと思っても、何も良い題材は浮かばず、大学四年生になり、就職して生活していかないといけないと自然に考え、就職活動をしていました。

ある会社を訪問して、面接やディスカッションなど良い感じで進んでいきました。恐らく最終に近い人事部の方の面接を受けていた時、「あなたの夢は何ですか？」と聞かれ、「海外で働いてみたいと思っています。それと、これはずっと先のことだと思いますが、小説を書くこと、小説家になることも夢として持っています」と、咄嗟《とっさ》に答えました。答えてしまった、と言った方が正しいのかもしれません。

翌日、人事部の方から、「今回はご縁がなかったということで、残念ですが……」とご連絡をいただきました。

幸いにして、別の会社から内定をいただいていたので、その時はそれほどのショックを受けることもなかったのですが、それ以来、他人様の前で、「小説家になりたい」と言うことは差し控えた方が良いと、学びました。

会社では、小説を書くということはすっかり忘れて業務に取り組んできました。

三十数年勤務し、六十歳ももうすぐそこまで来ていた時、これから、昔、夢だった、「小説を書く」ということをやってみようかなぁ……、と、通勤途中の朝、オフィスまで歩いていた時に思いました。

そして、空を見上げると、澄んだ青空で、気持ちも晴れ晴れしたのです。

そんな思いの中、自分の書けることを考え、自分の経験を思い出しながら書き始めました。

中学時代に野球に熱中しました。素晴らしい友人たちに恵まれたこと……、これも事実です。

ただ、エースピッチャーだった、最高の友人は五十二歳という若さで、病のため他界されました。

心理学者の河合隼雄様と作家の小川洋子様の対談の本（『生きるとは、自分の物語をつくること』新潮社、二〇〇八年）で、「実際の医療では人を生かさないといけないが、小説では人を生かさないこともできる。『若きウェルテル』は亡くなったが、ゲーテは生き続けた……」という内容（正確ではないかもしれませんが……）のことを読んだ記憶があります。それを読み、なるほどと思いました。

逆に、「小説では、亡くなった人を生かすのもありかな」と思い、最高の友人だった彼を思い、生かし、書いたのが本作です。

ワールド・ベースボール・クラシックでの日本の優勝、阪神タイガースの優勝などで、野球が盛り上がっていた中、その勢いに乗って書かせていただいた感じです。

野球の好きな方はもとより、野球に打ち込む人を周囲で見守ってくれている方々など、一人でも多くの方にお読みいただいて、何かを感じていただけましたら……、これほど幸せなことはありません。

野球と出会えて良かったです。

〈著者紹介〉
村上 正（むらかみ ただし）
1963年東京に生まれる。
明治大学商学部を卒業し、信託銀行に入社。
34年間、同信託銀行に勤めた後、退職。
不動産関連の会社に移籍し現在に至る。

ベースボールよ、新《あら》たな夢《ゆめ》へ！

2024年6月18日　第1刷発行

著　者　　村上 正
発行人　　久保田貴幸

発行元　　株式会社 幻冬舎メディアコンサルティング
〒151-0051　東京都渋谷区千駄ヶ谷4-9-7
電話　03-5411-6440（編集）

発売元　　株式会社 幻冬舎
〒151-0051　東京都渋谷区千駄ヶ谷4-9-7
電話　03-5411-6222（営業）

印刷・製本　中央精版印刷株式会社
装　丁　　弓田和則

検印廃止

Printed in Japan
ISBN 978-4-344-69102-5 C0093
幻冬舎メディアコンサルティングＨＰ
https://www.gentosha-mc.com/